Sin entrañas

Novela
Crimen y Misterio

Maruja Torres
Sin entrañas

Planeta

El papel utilizado para la impresión de este libro es cien por cien libre de cloro y está calificado como **papel ecológico**.

Avinguda Diagonal, 662, 6.ª planta. 08034 Barcelona (España)
www.planetadelibros.com

Fotografía de la cubierta: © Kurt Hutton / Getty Images
Fotografía de la autora: © Leila Méndez
Primera edición en Colección Booket: abril de 2013

Depósito legal: B. 6.069-2013
ISBN: 978-84-08-11232-7
Impreso y encuadernado en Barcelona por: blackprint A CPI COMPANY
Printed in Spain - Impreso en España

Biografía

Maruja Torres (Barcelona, 1943) es una de las periodistas más reconocidas de España. Ha publicado dos novelas de humor, *¡Oh, es él!* (1992) y *Ceguera de amor* (1994), un libro de viajes, *Amor América* (1994), y la recopilación de artículos periodísticos *Como una gota* (1996). Su novela vagamente autobiográfica *Un calor tan cercano* (1997) y sus memorias como periodista *Mujer en guerra* (1999) alcanzaron gran éxito de público y crítica. Con *Mientras vivimos*, la novela que le valió el Premio Planeta en el año 2000 y llegó a medio millón de lectores, Maruja Torres se consolidó como una de las novelistas más destacadas de nuestros días, hecho que revalidó con *Hombres de lluvia* (2004) y *La amante en guerra* (2007). En 2006 recibió la Medalla de Oro a las Bellas Artes por su contribución a la cultura. *Esperadme en el cielo*, un precioso homenaje a sus grandes amigos Terenci Moix y Manuel Vázquez Montalbán, resultó merecedora del Premio Nadal en el año 2009. *Fácil de matar* (2011) supuso su primera y exitosa incursión en la novela negra, con la presentación de Diana Dial detective, personaje que reapareció en *Sin entrañas* (2012). Columnista habitual de *El País* y adicta de la red 2.0, su blog tiene más de cien mil usuarios únicos y recibe cerca de cinco mil visitas diarias.

Más información en: www.marujatorres.com

Para Islam e Isabel

DRAMATIS PERSONAE

—

(En orden de aparición)

ORIOL LACLAU I MASDÉU: catalán ilustre, conocido magnate de la construcción, directivo futbolístico y patrocinador de excavaciones arqueológicas en Egipto, posee una importante colección de antigüedades. Casado con Lady Margaret Middlestone.

DIANA DIAL: antigua reportera española metida a investigadora *amateur*. Amiga personal de Roxana Laclau.

(LADY) ROXANA LACLAU I MASDÉU: hermana de Oriol y amiga de Diana Dial, viuda. Vive en Luxor rodeada de todo tipo de lujos con una amplia colección de pelucas.

INSPECTOR FATTUSH: inspector de policía del Líbano, muy amigo de Diana Dial, acompaña a la investigadora para ayudarla a solucionar el posible asesinato de Oriol Laclau.

JOY: fiel sirvienta filipina de Diana Dial, casada con el egipcio Ahmed y madre de Yara, de cuatro meses de edad.

AHMED: marido de Joy.

LADY MARGARET MIDDLESTONE, MARGA: rica heredera británica de alta cuna, paralítica debido a un accidente, y esposa de Oriol Laclau.

DOCTOR JOAN CREUS: amigo de la infancia de Oriol Laclau, médico personal de la familia.

PITU MORROW: seudónimo de Pius Serra, escritor y productor musical de cierto éxito en los años ochenta y ahora caído en desgracia. Contratado por Oriol Laclau para escribir su biografía.

CLAUDIA MOLLÀ: veterana modelo publicitaria, amiga de la familia Laclau desde hace décadas.

LAIA MOLLÀ: hermana de Claudia y también amiga de la familia Laclau.

ISMAIL ABD EL-MANSURI: estudiante egipcio de filología hispánica que trabaja como guía turístico.

FUAD EL-RASHID: vieja gloria de la canción egipcia en el mundo árabe.

FARIDA: veinteañera y última esposa de El-Rashid.

RAHEB: hijo de El-Rashid.

DOLORS MOLTÓ: fiel y abnegada secretaria de Oriol Laclau desde sus inicios.

ALFONS PERMANYER: hombre de confianza de Laclau, encargado de la colección de antigüedades egipcias.

HADI SUENI: importante arqueólogo egipcio, factótum de Mubarak en materia de antigüedades.

LULÚ CARTIER: francesa, última conquista de Hadi Sueni, a quien éste da trabajo como arqueóloga para pagarle sus favores.

HAGGAR: joven y coqueto miembro del servicio personal de Lady Roxana y Lady Margaret Middlestone.

MONSIEUR LE DIRECTEUR, Seboso: director de cruceros a bordo del *Karnak*, viejo buque a vapor ya utilizado por Agatha Christie para su novela *Muerte en el Nilo*.

Siempre hubo reyes, faraones, generales. Él es todos ellos. Cuando su equipo de fútbol ha barrido el marcador, cuando su cuerpo macizo, rotundo, abandona el palco, rodeado por gente de su clase, y se abre paso hacia el vestuario, mecido por los gritos de la masa que, en su delirio, desborda el campo; y antes, fumando un puro con los otros miembros de la directiva y los invitados ilustres, con las fuerzas vivas de la ciudad, que tanto le deben: ahí, él es rey. Cuando visita las obras, finalizadas o a medias, que su afán emprendedor —y las amistades adecuadas, los oportunos sobornos— ha diseminado por la ciudad desde hace décadas, con tal talento que es de los pocos que se han salvado de la crisis que acaba de empezar: ahí, él es faraón. Por la noche, en la discoteca que ha ordenado cerrar para los suyos, embriagado por las exclamaciones de triunfo, las carcajadas y la música, entre globos giratorios de luz que destacan como diamantes en la semioscuridad, convidando a todos, rumboso: ahí, él es general. Un general con mando absoluto que se refocila sin trabas después de la batalla. Porque el verdadero poder de un hombre, de un macho que pisa fuerte y a quien nadie le tose, consiste en disfrutar del fervor de sus conciudadanos durante el día y rematar la faena, horas después, poniendo de rodillas a una puta rusa de ojos verdes, metiéndole la polla en la boca, su polla bombeada por las burbujas de champán francés —a tomar por saco el cava, eso queda para los actos públicos— que irrigan su sangre. Ha ganado el Barça, la rubia casi no puede respirar, y él sigue en la cresta de la ola, admirado como el primer día.

Al alba, con un selecto grupo de elegidos, presumirá de los tesoros que acaba de recibir de El Cairo, nuevas piezas que los otros contribuirán a desembalar. Mucho ojo, como se os rompa esa estela os elimino de la lista; cuando se trata de mi colección de antigüedades no estoy para hostias. Nunca lo está. Él es rey, faraón, general.

Le han cerrado los ojos, y Oriol Laclau i Masdéu sabe que eso no augura nada bueno.

PRIMERA PARTE

I

Giza, noviembre de 2009

Dubitativa, Diana Dial camina por una calle estrecha, sin aceras y sin asfaltar. Consciente del aspecto estrafalario que le confiere su sombrero estilo años treinta de lino crudo, encasquetado hasta las gafas oscuras para protegerse del sol de media mañana, la antigua reportera sujeta con una mano un papel en el que consta la dirección de la persona que aguarda su visita. Con la otra mano espanta las moscas y a los agitados niños que la asedian; sabe que se comporta como un personaje colonial salido de una novela de Agatha Christie.

El enigma que debe resolver en Egipto se parece mucho a una trama de la Christie. El hecho de que sea su imprevisible amiga y anfitriona en Luxor, Lady Roxana, quien le haya propuesto el caso, la inclina a temer que no logrará cuadrar el producto final con la precisión que manejan los detectives creados por la vieja dama. La vida va por un lado, la ficción por otra. A Diana Dial la vida va dejándole por detrás flecos sueltos, calcetines con agujeros.

Igual le ocurrió durante los veinte años en que trabajó como reportera en un importante diario español. Se jubiló a los cincuenta —hace cuatro y pico—, y lo hizo por cansancio del oficio y su devenir, pero también para invertir en una causa justa —ella misma— la sustanciosa pensión que Lluís Brunet, su único ex marido, todavía le pasa. Considerando la penosa economía actual de los medios de comunicación, de uno de cuyos grupos es propietario su antiguo cónyuge, Dial teme que pronto dejará de ser beneficiaria de tal ingreso puntual y generoso. Dios, igual tengo que devolverle las joyas, piensa con angustia. El mundo que ha conocido empieza a hacer aguas, y es sólo el principio. Pero la ausencia de la mensualidad que le asignó su fugaz y rumboso marido no impedirá a Diana —pone a las pirámides, a la Esfinge y a cuanta deidad haga falta por testigos— seguir buscando causas que defender en el terreno de la indagación criminal, su pasión tardía, que le permite realizarse como investigadora y obtener justicia.

Porque entre los obstáculos con que tropezaba en sus trabajos periodísticos y aquellos que se le presentan cuando soluciona un caso existe una diferencia nada baladí. En los últimos, a veces, Diana puede recortar los flecos y zurcir el calcetín. Con su propio hilo, su propia aguja. Con sus propias tijeras.

Pronto se enfrentará a Fattush. ¿Qué le reprochará el inspector acerca de su último y nada ortodoxo zurcido en Beirut?[1] Pues Diana Dial, enemiga teórica de la pena de muerte, lo es aún más de la pena de vida que castiga a los inocentes, a las víctimas, cuando los culpables no pagan por sus crímenes.

Necesita a Fattush para poner en orden la trama faraónica —así la llama para sus adentros— que Lady Roxana ha depositado sobre sus hombros. Se ha acostumbrado Diana al inspector, a su sensatez, a su preocupación por ella, a su sagacidad sobre la naturaleza humana. Necesita a Fattush para que apruebe su reciente conducta. Necesita a Fattush.

La detective se fue para siempre de Líbano, hace casi un mes, sin despedirse ni mirar atrás. Huyó de las heridas sentimentales que su último caso le produjo y huyó también, aunque en menor medida, de su amigo el inspector: temía que le echara en cara la forma en que había hecho justicia —para ella, algo más importante que la ley— en el caso del espionaje israelí.

Huida inútil. Fattush ha llegado hoy mismo a El

1. Véase *Fácil de matar* (Planeta, 2011), novela anterior de la autora.

Cairo, tal como anunciaba en un correo electrónico recibido hace pocas horas: «En Beirut no puedo hablar con nadie como lo hago contigo. Me he tomado parte de las vacaciones que tenía atrasadas. Hace mucho tiempo que no visito Egipto.» ¿Eso quiere decir que la comprende? Algo queda claro: él también la necesita.

No es el policía libanés, su amigo y cómplice, la persona que ahora la espera en una vivienda de esta callejuela del sector de Pirámides, en el barrio de Abu Daoud, escondido en una de las intersecciones de la fatigosa avenida del rey Feisal.

Por lo que sabe Diana, los habitantes de Abu Daoud no viven directamente del turismo, como los de Nazlet el-Samman, que está pegado a los monumentos. Los beneficios residuales —son las compañías nacionales y extranjeras y el Gobierno los que se quedan con la gran tajada—, proporcionados por la proximidad de los milenarios monumentos, llegan a Abu Daoud diluidos, e inciden en la economía del barrio mucho menos que en otras zonas de Giza. Entre los modestos comercios no ve Dial tiendas de recuerdos, ni más artículos en las estanterías que los que se necesitan para la supervivencia doméstica o la reparación de utensilios de labor. Si acaso, según le ha contado el chófer del hotel mientras la traía, algún taxista turístico tiene ahí su vivienda, algún mecánico su taller. Por lo demás: caldereros, herreros, carpinteros, vendedores de sacas de cal y de botes de pintura, sencillos comercios de baratijas.

Nota la cercanía del desierto en el polvo que levantan sus pies al andar, en la sequedad del aire, en los agrietados muros de las casas, cuyo crecimiento desordenado —marginal, anárquico, como todo lo que, en esta tierra, no forma parte del pomposo decorado turístico— parece emanar de la arena sobrante del espejismo hegemónico. Le escuecen los ojos y le pica la garganta.

Conforme se adentra en el barrio le llega a la imaginación, antes que a la nariz, ese olor cairota a mierda amarilla y a basura rancia, a albañales fermentados, que campa en libertad por calles estrechas y poco favorecidas como ésta. En otras, las del centro o de los barrios acomodados, el tufo permanece distante, aunque suele brotar por sorpresa, como un latigazo, al doblar una esquina o al cambiar de acera. Cuando alcanza a Diana, el hedor sacude su mente antes que su olfato. Está asociado al recuerdo. Y el recuerdo revuelve la conciencia más que los sentidos.

Recuerda Diana, como si hubiera ocurrido hoy, la ocasión, en una muy anterior visita, en que se puso a tomar fotos de los chicos sentados a la sombra de una madrasa a medio restaurar, en el barrio islámico. Uno de los chavales se le acercó. Diana, temiendo que le pidiera una propina, y dada su proverbial tacañería —que ella llamaría buen sentido—, retrocedió un par de pasos, sin contar con el mal estado del firme. Se tambaleó y el muchacho la ayudó, con excesiva y burlona amabilidad, a recuperar el equilibrio. Luego señaló su cámara y, con el mismo dedo, trazó una media elipse dirigiéndolo hacia el maloliente montón de porquería acumulado junto a una fuente de caño seco:

—*Souvenir, souvenir* —dijo el pequeño, que era canijo o no debía de tener más de ocho años—. *Photo, photo, Egypt, Egypt.*

La fuerza expresiva de aquel dedo se le clavó en el diafragma. Era el desprecio del niño hacia la turista: mi pobreza contra tu ignorancia. Todavía lo siente, hincado hondo, cada vez que visita Egipto, cada vez que recorre El Cairo, a medias gozosa por el abrazo con la Madre del Mundo —así la siguen llamando aquí, donde todo esplendor se encuentra en el pasado—, a medias reconcomida por el alivio incómodo que le produce saber que la miseria de ellos no puede alcanzarla. Y esa contradicción, el amor hacia el país unido al desprecio que siente por su propia e inevitable condición de acomodada visitante, esa latente angustia por el deseo de comunicación profunda siempre defraudado, permanece grabado en su memoria. Desde la pestilencia, no importa en dónde la asalte, el niño egipcio de su pasado se yergue para advertirle: recuerda quién eres y en dónde estás. No juegues a entendernos ni a querernos. No juegues.

Se detiene en varias ocasiones, pregunta a los viandantes. «Mujer filipina», repite, convencida de que éste es el dato que más habrá llamado la atención de los vecinos. Su insistencia se ve recompensada. Por suerte, una mujer que sale de una tahona con una canasta llena de pan recién horneado asentada en la cabeza le ofrece indicaciones fiables. Siguiendo sus instrucciones, Dial se mete por un callejón todavía más estrecho —dos personas que pasen en dirección contraria se rozarán al cruzarse— que se abre a la izquierda y desemboca en un final ciego, un murete sobre el que asoman, como tablas desiguales, las medianeras de edificios pertenecientes a otra calle.

La puerta de Joy, que exhibe un número 8 medio borrado, se encuentra entre dos ventanucos, a cuyas verjas alguien ha puesto a secar ristras de ajos entrelazadas. Es una casa de tres plantas, pero la última, a medio acabar, como tantas en El Cairo y en todo Oriente Próximo, sirve de azotea. Tiene el color del polvo, un beige mate irregular, pastoso. Delante del dintel hay un cauce como de unos veinte centímetros que deja al descubierto una tubería rota, de la que mana un persistente chorro de agua turbia.

Delante de la casa, Diana Dial se siente tan alejada de sus ocupantes como si un foso de veinte metros la separara de ella. Formas de vida. La de Joy, ahora, le resulta incomprensible.

Desde que la filipina se quedó embarazada de Ahmed, obrero de la construcción egipcio con quien convivía en Beirut, y se casara con él poco antes de que naciera Yara, Dial temió que, en cualquier momento, la muchacha quedara atrapada por el cepo insalvable de una familia musulmana tradicional. Mejor sería un humillante repudio, un divorcio rápido, tal como autoriza el Corán, refunfuña. Mejor para Joy, para la criatura y para la propia Diana. Formas de vida. Lo reconozca o no, sabe que la joven no pertenece ya a la suya, que es —egoísmos aparte y objetivamente hablando— mejor para las mujeres. Le habría gustado llevársela consigo en sus viajes, que acabara viviendo con ella en su piso de Barcelona. Tuvo que inmiscuirse el simple de Ahmed, follando sin condón.

No pienses en eso ahora, se dice, todavía sin atreverse a golpear el picaporte.

Hace quince días que Joy llegó a El Cairo. Viajó con el bebé y con Ahmed —cuya modesta familia vive en este barrio desde que emigraron del campo, a finales de los años ochenta—, gracias a un visado especial proporcionado, a instancias de Dial, por un amigo de Lady Roxana cercano al sátrapa Mubarak. Ahora la detective, ante el foso, se siente miserable, como si hubiera caminado hasta allí para cobrarse el favor. No seas estúpida, se conmina. Has venido a rescatarla, y deberías haberlo hecho antes.

No ha podido.

Hoy, por primera vez, Diana ha escapado de la agobiante tutela de Lady Roxana, que la ha retenido en su villa de Luxor desde que llegó de Beirut, hace más de tres semanas. Durante este período de inacción, su amiga casi la ha asfixiado con su vehemencia, impaciente por gozar de su compañía y por contarle sus sospechas acerca de la muerte de su hermano. Oriol Laclau i Masdéu, catalán ilustre, conocido magnate de la construcción, directivo futbolístico y patrocinador de no pocas excavaciones arqueológicas en Egipto —y poseedor de una importante colección de antigüedades procedentes de la zona—, falleció un año atrás, víctima de un derrame cerebral, durante un crucero Nilo abajo organizado por él mismo para celebrar su sexagésimo cumpleaños. Una serie de acontecimientos y deducciones más o menos vagas o aventuradas habían convencido a Roxana de que la muerte de su hermano no fue en absoluto natural. Y durante los interminables días en que retuvo a Dial en su villa había estado dándole la brasa con el asunto. «Necesito tu colaboración para descubrir al canalla que lo hizo», repetía, y aquí apuntaba los nombres de varios candidatos.

Exhausta, y después de prometerle a su amiga, por enésima vez, que descubrirá al asesino —si es que existe—, esta madrugada Diana ha tomado un avión con destino a El Cairo. Durante el vuelo, medio dormitando, ha sonreído al imaginarse como detective estelar en los rocambolescos planes de Roxana. La ex reportera no se ve a sí misma haciendo de Hércules Poirot, dando paseos por la cubierta de una embarcación antigua y estrujándose la materia gris. Pero eso es lo que Lady Roxana quiere que haga. Y Dial necesita meterse en un nuevo caso.

El hecho de que Roxana sea una lady falsa no preocupa en absoluto a Diana, que ha conocido a gente peor. Su afición a la impostura, que incluye una aparatosa colección de pelucas —nunca le ha visto Diana su pelo auténtico: quizá es calva—, forma parte de su trasnochado encanto de opereta orientalista, ajada farsa que, todavía, no pocos occidentales se empeñan en representar.

Dial ha tratado con personas así —sujetos que se pavonean en Oriente, alardeando de un señorío del que carecen en su tierra de origen— y, a veces, se pregunta si su propia existencia no habrá tomado semejante deriva, a su ruda manera, quemando en estas tierras sus últimos cartuchos, antes de entregarse a una vejez barcelonesa dignificada por sus aventuras exógenas. Rechaza la idea. No le conviene ser injusta consigo misma.

Su pensamiento vuelve a los Laclau. La única aristócrata en la familia es la viuda de Oriol, Lady Margaret Middlestone —familiarmente, Marga—, con quien el promotor inmobiliario, asociado con su hermana para el negocio, se casó al inicio de su carrera, tras conocerla en el transcurso de una misión arqueológica en Beni Hasan. Para Laclau, la boda constituyó un triple acierto. El título nobiliario de su esposa, manejado con sagacidad entre los ricos más provincianos de Cataluña, y la brutal fortuna de los Middlestone, de la que Margaret era única heredera, propulsaron al hombre a lo más alto de la capa más emprendedora de una sociedad barcelonesa que, desde mediados de los años ochenta, reflejaba en actuaciones urbanas su ambición, pareja al delirio de grandezas de munícipes, arquitectos y especuladores.

El tercer acierto resultó ser la devoción que la lady auténtica sentía hacia su marido. Devoción, al decir de todos, sumamente correspondida por el dinámico negociante, que también era algo putero, según algunos, sin que las aguas se salieran nunca de su cauce ni alcanzaran la peligrosa frontera del escándalo. Era fácil comprender que Oriol Laclau echara canas al aire. Hacía muchos años que su esposa permanecía condenada a una silla de ruedas, tras una mala caída desde lo alto de la escalinata de su mansión de Pedralbes. El accidente, que les había privado de tener hijos, se produjo poco después de su regreso del viaje de novios. Ir de putas sería, pues, una suerte de compensación. Los amigos íntimos de Laclau, y su propia hermana, no descartaban que Margaret, cuya pálida belleza parecía sobrenatural en la parálisis —un ángel sobre ruedas, decía Roxana—, le estimulara en sus aventuras. ¿Quién sabe lo que esconden cada dormitorio, cada cama, cada historia de amor?

Viéndose emparentada con una aristócrata, la extravagante Roxana no tardó mucho tiempo en otorgarse un título de lady que usaba sin el menor recato. Empezó poniéndolo en las tarjetas de visita; luego, abreviado, en los juegos de sábanas y mantelerías —«Lady R.»—, y hasta los jovenzuelos que a menudo la visitaban, ya de viuda, en su villa de Luxor, solían presumir de haberle prestado servicios íntimos a un miembro de la nobleza británica.

Los Laclau siempre fueron muy espabilados.

A Diana Dial su amiga le hacía mucha gracia, pero demasiada gracia durante demasiados días era más de lo que podía soportar. Por eso, la noche anterior había impuesto su voluntad:

—Si no voy a El Cairo a por Joy y Fattush, no te acompañaré en tu crucero.

Ah, palabras mayores. Roxana había hecho oscilar su exuberante figura envuelta en gasas, agitando los brazos y sacudiendo su peluca rubia —las usaba de diferentes colores—, y había cedido a su exigencia, a condición de que le permitiera alojarla en el hotel Marriott con todos los gastos a su cuenta. Cosa a la que Dial se avino, más que predispuesta a ahorrar de sus propios y pasivos ingresos.

El hombre que abre la puerta en la callecita de Abu Daoud no es Ahmed pero se le parece; posee sus mismos labios sensuales y la misma frente tirando a estrecha. Por lo demás, tiene una sonrisa simpática, que se extiende cuando Diana se presenta y él, usando un inglés rudimentario, se identifica como Maher, el hermano mayor.

Apenas ha traspasado el umbral cuando del interior surge un grito de alegría cuya calidez la envuelve antes de que la propia Joy se precipite hacia ella. Se abrazan, se separan, se examinan, se vuelven a abrazar, se dan varias veces tres besos. A Diana se le tuercen las gafas y acaba por quitárselas junto con el gorro.

Quien no se quita lo que lleva en la cabeza, y no parece pretenderlo ni por asomo, es Joy. Mi Joy, con pañuelo. A Diana se le encoge el corazón. La otra, que la conoce, identifica el cabreo en su mirada y le dirige un gesto imperceptible, enarcando las cejas, para que se calle. Pero Dial no se corta.

—Ese pañuelo marrón le sienta fatal a tu cutis de filipina.

Joy planta cara:

—El verde, de seda, me favorece más, pero me lo pongo los viernes para pasear con mi familia después de la oración principal.

Diana se encoge de hombros, impaciente, y cambia de tema.

—¿Dónde está Ahmed? —inquiere.

—En la azotea, limpiando las jaulas de los pichones.

—Pues dile que baje, porque he venido a hablar con él —la mira con deliberada ironía— de su paloma. Porque supongo que tendré que pedirle licencia para llevarte conmigo.

Ah, cómo se ilumina el rostro de Joy. Ésta es mi chica. En todos los sentidos, reconoce Diana. Qué demonios, mejor una patrona como yo que una familia musulmana demasiado tradicional.

Porque los otros han comenzado a acudir. Cuatro mujeres también veladas: una mayor, más bien vieja, aunque quizá sólo tenga la edad de Diana, es Um Maher, la madre; viste de negro, como una campesina. Las otras tres son jóvenes, las hermanas y la mujer de Maher, van con *hiyab* de color marrón, igual que Joy. Aisha y Gamila se apresuran a contarle que ambas tienen marido —sus trofeos—, y que los susodichos están trabajando fuera. Salma, la cuñada, se muestra cariacontecida al confesar que no le ha dado descendencia a Maher, y que éste carece de empleo fijo.

Todos viven en la casa. Mientras deja que la conduzcan a la sala, Diana echa cuentas. Le salen ocho adultos, más Yara, más los machitos que las hermanas se vanaglorian de haber traído al mundo, y que están en el colegio. Hija mía, suerte tienes de que he venido a liberarte, piensa Dial, mirando a Joy de refilón. En esta casa, Yara y tú seréis las criadas. Y sin cobrar.

La visitante y sus anfitriones se instalan en la habitación de las mujeres. El suelo de cemento está casi cubierto de esteras. Joy le acerca una silla de plástico blanco y le pregunta si quiere café o té. Diana pide agua y señala otra silla.

—Tráela y siéntate aquí —ordena.

—Voy a por Yara —anuncia Joy, sin sentarse—. Está dormida.

Regresa en un momento, con la niña, apacible como un buda en reposo, vestida con un mono rosa y con el pelo oscuro y rizado cubierto de lazos. Desborda los brazos de su madre.

—Mi muñeca —Joy sonríe—. Ya tiene cuatro meses.

—¡Cómo ha crecido! —Dial piensa que la niña va para obesa, está sobrealimentada.

Aprovecha que las otras siguen en la cocina, alborotadas, y que Maher ha ido a buscar a Ahmed.

—Siéntate, Joy. —La repasa de arriba abajo: lleva prendas anchas y sosas—. Estás más gorda.

La otra baja la cabeza. Cuando la levanta lo hace con determinación.

—Tengo una familia.

—¿Es todo lo que mereces?

—Yo no soy como usted.

—En Beirut eras libre.

—Aquí tengo paz. Ellos cumplen con su parte si yo cumplo con la mía. Son buena gente. Me cuidan.

—Tú verás —resopla Diana.

Ofendida, o aparentándolo —le cuesta mucho enfadarse con Joy, y más hoy—, se dedica a inspeccionar la habitación. En un rincón, en el suelo, junto a unos cojines, ve bandejas de diferentes tamaños. Están llenas de cuentas de colores, de ovillos de hilo de nilón, de pequeños ganchos metálicos.

—¿Y eso? —se interesa Dial.

—Hacemos collares, pulseras, adornos. Las mujeres ganamos un poco de dinero extra. Muy, muy necesario. La situación está mal, dice Ahmed que peor que cuando emigró a Beirut. Cuando llegamos, las mujeres trabajaban fabricando bisutería para uno de los comerciantes del barrio. Las he convencido para que compremos el material en las tiendas al por mayor de Jan el-Jalili, y también para que vendamos nosotras las cosas que hacemos, situándonos en buenos sitios, calles por donde pasen jovencitas coquetas o muchachos que quieran conquistarlas, o en la acera, junto a restaurantes y cafés. Maher nos acompaña, nos protege. Esta semana lo hemos hecho. Y en la fiesta del Seis de Octubre tuve la idea de que nos colocáramos a la puerta de un club militar, aprovechando que todos estaban contentos. ¡Nos sacamos 150 libras!

Diana hace cálculos: menos de veinte euros.

Tiene un argumento de peso para discutir con Ahmed sobre el inminente futuro de su esposa: un sobre rebosante de dólares en el bolso. El tufo a mierda amarilla la invade de inmediato —no juegues—, pero con la misma rapidez Diana lo aparta. El fin justifica según qué métodos, se tranquiliza.

Entran todos a la vez, con gran animación: las mujeres, los hermanos. Té, café, agua fría, dulces. Joy se levanta para auxiliar a sus cuñadas en el despliegue de mesillas y bandejas. Um Maher se deja caer con habilidad en un cojín, sobre la estera, y apoya la espalda en la pared, enfrente de Diana, palpándose el velo con las manos. Clava en ella su mirada taladradora. Es como un pájaro negro, piensa la detective. Un pájaro antes de picotear una cereza. Las hermanas, Aisha y Gamila, flanquean a su madre y cruzan comentarios por delante de su cabeza, que permanece quieta, con esos ojos que parecen buscar alpiste en Diana. Salma, la estéril, se sienta un poco apartada.

Maher, el mayor, se instala en un lateral de la sala, con las piernas cruzadas, solemne, como si presidiera. Pero es con Ahmed con quien Dial tiene que hablar. No sólo porque se conocen, sino porque le sabe agradecido, y la española ha hecho mucho por la pareja, incluida la tramitación del visado para Joy.

Claro que ha venido a cobrarse el favor.

—Siéntate cerca, Ahmed. —En voz baja, con falsa dulzura—. He de hacerte una proposición.

El otro ocupa la silla señalada e inclina el cuerpo hacia ella, todo oídos.

—Tú sabes cómo necesito a tu esposa... —empieza.

Sigue un rato de tira y afloja; Um Maher y el resto de la familia contemplan la escena sin entender. Saben que la mujer pide algo, temen lo que pueda ser, pero nadie espera que el trato termine tan pronto. Es decir, en cuanto la visitante abre su bolso, saca un fajo de billetes —verdes, inconfundibles: ¡dólares!— y lo deposita en las manos de Ahmed.

Feliz, Diana Dial se levanta de su asiento y abre los brazos, sonriendo a los presentes.

—*Kullu tamam!* —«¡Todo bien!», exclama.

La vieja mira a su hijo, pidiéndole explicaciones en árabe. Éstas son lo bastante cortas para que Dial le entienda perfectamente.

—Joy y Yara se van unos días con *Madam*. *Madam* necesita a mi esposa, mi esposa no puede viajar sin mi hija, *Madam* ha pagado muy bien.

La vieja asiente. Joy ha desaparecido rauda, obediente a la orden que Diana le ha susurrado: «Coge tu ropa y lo que necesites de la niña, lo mínimo para quince días.»

Se vuelve hacia Ahmed, dispuesta a dejarle contento:

—¿Harías el favor de mostrarme tus pichones? ¡Nunca he tenido la oportunidad de ver pichones adiestrados!

Perfidias de mujer que Diana puede permitirse.

Media hora más tarde, Dial y Joy —con Yara en un capazo— se dirigen al coche del hotel, aparcado en un descampado cercano. El chófer se precipita —bueno, un egipcio se precipita siempre muy poco— a coger las bolsas preparadas por la filipina, y las tres entran en el coche.

Diana mira a Joy y ésta entiende a la perfección lo que su *Madam* pide de ella. Se arranca el pañuelo y, de paso, las agujas que le sujetan el moño.

La melena larga, negra y lustrosa cae en cascada sobre sus hombros. Diana nota la súbita incomodidad del conductor, que las observa en el retrovisor.

Canturrea la investigadora, para sus adentros. Ya tiene a Joy. Sólo falta Fattush.

II

Luxor, un mes atrás

—¿Qué clase de crucero? —preguntó Diana Dial.

—Al vapor —fue la respuesta de Lady Roxana, nada respetuosa con la gramática ni con la exactitud descriptiva, ya que usaba su fortuna como goma de borrar para sus meteduras de pata.

La detective sorbió su oporto. Detestaba todo lo dulzón pero Roxana, en su calidad de aristócrata postiza, cultivaba las mismas costumbres que su cuñada inglesa. Antes de que le permitiera pasar al whisky, Dial tenía que cumplir con la ceremonia del oporto. Como la periodista descubrió en los primeros días de su estancia en la magnífica y decadente villa de Luxor, su amiga —su amistad, aunque databa de muchos años atrás, era superficial: forjada de un encuentro cosmopolita a otro— rellenaba su cotidianidad con numerosos rituales de origen que ella creía británico por excelencia. A las cinco mandaba servir el té, se vestía para cenar y, por supuesto, durante el desayuno leía el *Times*, que le llegaba por suscripción, junto con *La Vanguardia*, con una semana de retraso. Por la noche, después de la cena, oporto. Lo escanciaba uno de sus criados, un muchacho nubio, esbelto y de facciones muy dulces, a quien había disfrazado de paje destinado en la corte de un pachá, o algo por el estilo.

Roxana Laclau i Masdéu, que estaba en los sesenta y tres años, era la más orientalista de la familia —claro que ahora ya sólo quedaba su cuñada para hacerle la competencia—, y eso que, en principio, nada señalaba tal inclinación. Casada a finales de los años setenta, poco después de las primeras elecciones democráticas, con Plàcid Monserga, un político del partido Convergència de Catalunya que acababa de hacerse con la cartera de Economía y Hacienda en el primer Gobierno autonómico, todo en ella la predisponía a pintar marinas y organizar fiestas en las casas de que disponía por matrimonio: una torre en el barrio más distinguido de Barcelona y una masía en el Alto Ampurdán.

No contaba con su hermano. Oriol, listo como una ardilla y, por entonces, al frente de una modesta asesoría financiera, pronto convenció a su cuñado de que ciertas informaciones privilegiadas, bien utilizadas, podían jugar en favor de ambos. Así fueron creciendo sus fortunas, aunque lo mejor, para Laclau, estaba por llegar. El apuesto y ya muy sanguíneo emprendedor, mediada su treintena y decidido a crearse una personalidad fuera de lo común que le garantizara un lugar excepcional en los medios de comunicación —de cara a la Barcelona preolímpica que se anunciaba generosa en obras públicas—, puso su vista de lince en Egipto. Desde niño le había fascinado aquel país, presente en sus colecciones de cromos y en las películas que de tanto en tanto llegaban al pueblo de la Tarragona interior en donde nació y creció. Las construcciones gigantescas le maravillaban, y los faraones guerreros —se pirraba por Tutmosis III— le parecían lo más digno de envidia y emulación, en materia de poder y majestuosidad, antes y después de la muerte.

Laclau, envalentonado por su éxito en las finanzas y por la experiencia política adquirida a la sombra de su cuñado, se fue a Madrid y pidió una entrevista con el ministro de Cultura socialista. Sabía que el ministerio estaba preparando una expedición arqueológica, la primera bajo bandera española, a Beni Hasan.

«Si no consigo pasar unos días con el equipo me moriré», le espetó al otro, con su entusiasmo y su bravuconería habituales. Al ministro le cayó en gracia el catalán —quizá pensó que algún día podría resultarle útil— y, sin dudarlo, le permitió permanecer una semana en las excavaciones, a condición de no molestar. Oriol agarró un jamón ibérico y se presentó en Egipto.

Aquella expedición, que él y los periodistas afines convirtieron en legendaria para su biografía —Laclau, vestido de explorador, se hizo fotos manoseando cuantas piezas le pasaban los otros, que sólo pensaban en el jamón—, resultó fundamental para su futuro. En las excavaciones también se encontraba Lady Margaret Middlestone, una joven inglesa rubia y frágil, de ojos de azul porcelana y temperamento de acero, que tenía la costumbre —heredada de su padre— de meter las narices en cuanta excursión a Egipto se presentara, en especial si el objetivo era un lugar arqueológico. Tratándose de una británica, y además millonaria, a todos les parecía más lógica su afición que la pasión algo fuera de lugar con que se comportaba aquel catalán tan raro a quien todos tomaban por un payaso sin importancia. Vaya con el payaso.

Todo ello se lo fue contando Roxana a Diana Dial en sus sucesivos encuentros, aunque en una versión mucho más almibarada. Pero si algo sabía Dial era deducir —manejaba, además, otras informaciones—, y su mirada sobre el difunto Oriol no resultaba tan complaciente como la de su hermana.

Poco después de la expedición, Roxana se había encontrado con una cuñada perteneciente a la más rancia nobleza británica y, con tanto amor faraónico a su alrededor, decidió añadirse a la peña y renunciar a pintar marinas. ¿Cómo podría llamar a lo que inmortalizaría en adelante? ¿«Nilinas»? En la actualidad, su casa de Luxor rebosaba de óleos suyos que tenían el Nilo y sus palmeras como motivo, y a diferentes horas del día y de la noche. Pero Egipto y el Nilo sólo se convirtieron en su razón de vivir cuando su marido la palmó de un infarto, mientras daba un mitin político. «El pobre Plàcid, muerto en público, y mi cuñada, la lady, ya te lo conté, ¿no?, paralítica de cintura para abajo», le comunicó a Diana durante un fugaz encuentro en el aeropuerto de Frankfurt, muchos años atrás, cuando ésta ejercía de reportera. «Somos los Kennedy de Cataluña.» Y eso que no se había producido el fallecimiento —¿o asesinato?— del desmesurado e irrepetible Oriol Laclau i Masdéu.

No era ésta una familia por la que, en circunstancias normales, Diana hubiera dado ni la uña del meñique. Ensalzados en sociedad por el título de la indispensable Marga, la querencia por el antiguo Egipto que los Laclau practicaban les servía para blanquearles a través del arte. Diana no se hacía ilusiones respecto a su amiga. La cruda realidad egipcia no rozaba a la falsa Lady. Como su hermano, se aprovechaba de la situación del país para vivir una fantasía exótica tan manoseada como ella misma.

Sin embargo, allí había un caso. Una intriga. Algo que Dial necesitaba más que nunca, tras el seco final de su historia con Beirut, en donde había vivido durante los últimos años.

La detective abandonó el curso de sus pensamientos y sonrió a su anfitriona con afabilidad:

—Ya te acompañé en el sentimiento por lo de tu hermano, ¿no? Qué pena. Sabía que había sufrido un par de arrechuchos pero así, de repente, ¡un derrame cerebral, la muerte! Todavía era joven, y tenía mucho porvenir por delante. Seguí por TV3 Internacional los homenajes que le rindieron la ciudad, el Barça, el Parlament... ¡Impresionante! Le enterrasteis aquí, ¿no? ¡Qué amor por Egipto, el suyo! ¡Conmovedor!

A Dial, el asco al oporto, unido al ansia de whisky, le producía cada noche una servil verborrea, máxime cuando su amiga disponía de un tentador Macallan doce años en una estantería de su mueble bar. En momentos así, la detective comprometida con la verdad y la justicia era capaz de expresar cualquier bajeza.

Para su sorpresa, la respuesta de Lady Roxana a sus palabras también le pareció influenciada, aunque en otro sentido, por el alcohol:

—Puedes darle el pésame tú misma —dijo, observando su copa al trasluz, como si convocara al difunto.

Las lágrimas de cristal de Bohemia de las lámparas que iluminaban el gran salón se estremecieron a causa de una ráfaga de aire procedente del Nilo, dejando escapar un gemido que Diana tomó por escalofriante cuando la otra añadió:

—Tengo a mi hermano en el sótano. Mejor dicho, a su momia.

La detective depositó su copa en una mesa auxiliar, se levantó, se acercó al bar —de inspiración *déco*, como el resto del mobiliario— y se sirvió un whisky doble, seco y en vaso ancho.

Luego se apoyó en el armatoste, examinó a Roxana y llegó a la conclusión de que su amiga no mentía ni estaba borracha.

—Enséñamelo —dijo.

Y contuvo el aliento.

III

El Cairo, noviembre de 2009

—¿Puedes creerlo? Con sus vasos canopos, que contienen, ya sabes, sus putos órganos. En un sótano refrigerado que la tía hizo construir, aprovechando la antigua bodega, para mantenerlo fresquito hasta su entierro en el Valle de los Reyes, de los Nobles, o como coño se llame el lugar sagrado que al cateto de Laclau se le antojó exigir en su testamento. Como decimos en Cataluña, hay como para alquilar sillas y, además, el que paga, manda. Sobornando hasta después de la muerte, qué figura.

Fattush y Diana se encuentran en el barroco restaurante italiano del hotel Marriott compartiendo una suculenta cena que paga Lady Roxana. Cuando el camarero trae los primeros platos, ensalada para ella y *bresaola alla parmigiana* para el libanés, la detective frunce el ceño y pregunta:

—¿Estás seguro de que quieres comerte esa cecina, después de lo que te he contado?

Fattush suelta una de sus carcajadas sarcásticas.

—Tengo hambre. Me comería al propio muerto si su cuerpo no constituyera una prueba del asesinato que, según tu lady, se ha cometido en su persona. En cuanto a los vasos canopos, espero que estén sellados, porque habrá que examinar el hígado. Si le han embalsamado bien, quiero decir como hacían en tiempos faraónicos con los poderosos, no con el pueblo llano, el corazón estará dentro de la momia.

Diana pierde todo apetito. Bebe vino en silencio y, en los minutos que siguen, observa con cariño y placer a Fattush, que da cuenta de la cena. Tenerle en Egipto es un lujo con el que nunca soñó. Diana ignoraba, hasta esta tarde, que el inspector estaba deseando visitar de nuevo El Cairo, en una de cuyas universidades estudió derecho en su juventud, gracias a la generosidad del padre de un acomodado amigo suyo. El policía —con cuya colaboración Diana solucionó varios casos mientras vivió en Beirut— es un hombre sin fondo en materia de conocimientos. Además de un funcionario honrado, competente y, por supuesto, sin oportunidades de ascender.

—¿Cómo está tu familia? —pregunta.

Ha olvidado hasta ese momento que el otro tiene esposa, madre y tres hijas esperándole en Líbano. Fattush, que mantiene con sus mujeres una relación que navega entre la protección y la autodefensa, es el musulmán suní más indiferente a la religión que Dial ha conocido. Hoy parece radiante. Sus ojos marrones relumbran, y su peinado informal —sigue llevando el pelo entrecano recogido en una corta coleta en la nuca—, que tantas quejas levanta entre sus superiores, le hace irresistiblemente simpático. La mujer le conoce muy bien: sabe que le excita la perspectiva de una nueva aventura detectivesca en común. Siempre será un sabueso de pura cepa. Como ella. Y eso es lo que les une.

El hombre espera a tener la boca libre y exclama:

—¿Mi familia? ¡Como siempre! ¡Igual que ayer y que mañana! En mi lecho de muerte las tendré alrededor gritando y peleándose, como hacen cada día, opinando sobre lo que como o lo que dejo de comer, lo que me quito o lo que me pongo.

Diana omite comentar que ese lejano día tal vez se pelearán por ponerle la mortaja. Aparta el pensamiento. Demasiados fiambres en esta cena.

Se acerca el camarero y escancia mas vino. Brindan de nuevo. Lo han hecho varias veces desde que se han encontrado, en los jardines del hotel, hace un par de horas. Tiempo que Diana ha invertido en parlotear sobre los usos y costumbres de Lady Roxana, la situación de Egipto y las dificultades por las que pasa el pueblo tras los últimos aumentos del precio del pan y otros alimentos básicos. Le ha puesto al corriente de las recientes huelgas, así como de los avances de la Campaña Egipcia contra la Sucesión, en la que participan desde los Hermanos Musulmanes hasta socialistas y nasseristas, porque la gente está harta de Mubarak y se opone a que le herede el inútil de su hijo Gamal.

Ha narrado también, con detenimiento, su odisea para rescatar a Joy, al menos por unos días, de la familia de su marido. Por último, le ha contado lo del magnate momificado en el sótano de la villa de Luxor. En definitiva, Dial ha hecho lo imposible para retrasar el instante en que saldrá a colación el único argumento que teme abordar con el inspector: su repentina marcha de Beirut, tras solucionar, a su manera —y sin consultarle a él—, el último caso en el que trabajaron juntos.[2]

Es Fattush quien saca el tema cuando se instalan de nuevo en el jardín del hotel, ahora en la zona más folclórica, en donde sirven la *shisha*, que en Líbano se conoce como *narguile*, y en donde dos humildes mujeres, vestidas de campesinas, amasan pan árabe, el *aish baladi* que sustenta a las masas egipcias y que aquí constituye una nota más de color local. Todas las mesas están llenas y los camareros actúan como perros ovejeros, pastoreando al rebaño que les ha tocado en suerte. Atraviesan el espacio con los

2. Véase *Fácil de matar* (Planeta, 2011), novela anterior de la autora.

pedidos en la bandeja y la mirada puesta en los clientes de las mesas que van a atender, bromean entre ellos al cruzarse, sin perder de vista el objetivo final. Los encargados vigilan con indolencia, acostumbrados a ejercer de capataces y a limitar sus funciones a lamerle el culo a la clientela. Conocen a todo el mundo y saben convertirse en invertebrados más o menos flexibles según la ocasión lo requiera.

—No es tan buena como la de nuestro café de Beirut —suspira el inspector, tras la primera bocanada. Y acto seguido—: Te marchaste sin despedirte. ¿Qué es eso, una costumbre española?

—Es probable. Nosotros lo llamamos despedirse a la francesa, aunque desconozco por qué.

Teme su reacción. No se atreve a darle golpecitos conciliadores en la mano, que es lo que le apetece. Desde que se conocen, su único contacto físico, y así tiene que continuar, es cogerse del brazo cuando lo necesitan. Apretar el brazo del otro contra el costado: símbolo de una amistad que no le ha fallado nunca. No le fallará ahora.

—Soy una cobarde, ya lo sabes. Muy valiente para ciertas cosas...

—Y una inconsciente cuando te encuentras en peligro —la interrumpe el otro.

—Eso. Soy todo lo que quieras, pero también soy tu amiga y necesito sentir tu aprobación. No estoy segura de haberla obtenido, después de lo que hice.

Fattush deja de sonreír. A través del humo, su expresión se vuelve solemne, casi severa.

La suaviza al responder:

—Te conozco, Diana. Y eres como yo. A veces hay que hacer justicia. Otras, hay que tener piedad. Lo importante es saber quemar bien la basura. Bastante contaminado tenemos el aire.

Dial se recuesta en el respaldo del asiento. Agradece el estilo indirecto del inspector, su metáfora. Siente alivio. Porque Fattush es la única persona cuyo veredicto teme.

—Algún día te contaré mi primer caso —promete ella.

—¿Hiciste justicia?

—Tuve piedad. Pero volvamos a Roxana.

El inspector asiente.

—¿Qué ha dicho de mi presencia en el crucero?

—Está encantada. Tal como te he descrito, creo que imagina que eres una especie de playboy libanés. Por otra parte, en lo que respecta a Joy, a Roxana le encanta que me desplace con una doncella. Es más colonialista que el bastón del doctor Livingstone.

Fattush ríe de buena gana, estruendoso, y un par de prostitutas del hotel, que chuperretean sus pipas junto a un jeque gordinflón, giran la cabeza para mirarles y se dan codazos entre ellas. Diana les responde sonriendo con simpatía. Lo que van a tener que tragar, las pobres, esta noche. Seguro que piensan que Fattush es una pieza más apetitosa.

—No te rías. Lady Roxana te va a perseguir por la cubierta del barco... No te librarás de ella. Por lo que respecta al plan, hoy mismo están empezando a llegar a Luxor los invitados y, en cuanto los haya reunido, Roxana repetirá paso a paso lo que se hizo en el crucero de hace un año. Nos meterá a todos en un avión con destino a Asuán, en donde embarcaremos en el *S. S. Karnak*, que nos devolverá lentamente a Luxor. Es un barco de vapor de finales del siglo XIX...

—Lo conozco —interfiere Fattush—, es el que sirvió para rodar el episodio *Muerte en el Nilo,* de la serie de Poirot, la de David Suchet. Me encanta Suchet.

—Ah, vaya. Creía que la ficción criminal no te interesaba.

—Me sentó muy mal que, durante nuestro último trabajo, aludieras a mi ignorancia en ese terreno. Además, tu marcha me dejó tiempo libre. Tengo el placer de comunicarte que fui a donde Antoine y pedí una selección de novelas del género. Y luego están las series, e Internet. Buscando por la red, encontré el *Karnak.* Es un barco alucinante. ¡Veinticuatro camarotes de lujo, cinco de ellos suites! Todo recubierto de madera, decoración modernista... Si llego a saber que iba a viajar en él, saco una copia impresa de la información.

—Ya nos dará Lady Roxana un catálogo —corta

Diana, seca. No está dispuesta a que el otro se le adelante en conocimientos—. Lo que ahora importa es ajustar los tiempos. Mi amiga es un poco... Bueno, muy extrovertida. Desmedida, para ser exacta. Tendré que ponerla firme. Aunque dudo que se deje.

—¿A qué clase de pasajeros nos enfrentamos?

—Tengo por aquí mis notas. Según Lady Roxana, uno de ellos ha de ser el asesino.

Diana busca en el fondo de su bolsa de lona negra el cuaderno Moleskine rojo, tamaño cuartilla, que usará para esta investigación. Le ha pegado una etiqueta con un título, como si de una novela se tratara: *Lady Roxana, otoño 2009*.

—Veamos —dice, golpeando una página con su Pilot—. La lista incluye... a Marga. Lady Margaret Middlestone, la única aristócrata auténtica. Viuda de Oriol Laclau i Masdéu.

—¿La viuda? —El otro se anima.

—Ya sé lo que estás pensando, pero no. Es más millonaria que su marido, de nacimiento, y no pudo asesinarle. Se quedó paralítica al poco de regresar de su luna de miel, hace un montón de años, al caer por la escalinata de su mansión...

—¿Un accidente doméstico? —Fattush aún se anima más.

—También he de responderte que su caída no fue intento de asesinato. Déjame hablar, por favor. En este caso, tus sospechas son infundadas. Ya sé que casi siempre el cónyuge es el asesino. Tampoco ignoro que muchos crímenes, particularmente entre los ricos, se camuflan como accidentes caseros, pero, créeme, Lady Margaret...

—Evítame los títulos, por favor. De lo contrario no voy a poder seguirte —desliza el policía.

—De acuerdo —se aviene, complacida. Sabe que es una concesión que Fattush le hace: sería capaz de seguirla aunque Diana le recitara el *Gotha* en farsi—. Decía que podemos descartar a Marga, que es como la llaman los íntimos.

—Tal como lo veo, él podría haber intentado asesinarla para heredar su fortuna, y ella, con un comportamiento típicamente femenino...

Diana le fulmina con la mirada y sacude el aire con brazos amenazadores.

—¡Los hombres, sobre todo los árabes, no tenéis ni idea de lo típicamente femeninas que las mujeres podemos llegar a ser cuando nos ponemos bordes! —brama.

—Está bien, lo retiro —accede él—. Pero supongamos que esta dama en concreto posee una excepcional paciencia, y que ha sabido esperar, saboreándola por anticipado, la ocasión de cargarse a su marido, que la arrojó por la escalera. Plato frío. Venganza.

Dial se agita en el sillón, regocijada.

—Ahora soy yo quien se relame de antemano,

por la forma en que voy a desmontar ese argumento. En primer lugar, no olvides que el accidente se produjo al poco de la boda, recién llegados del viaje de novios. Cierto, en esos momentos, Oriol Laclau i Masdéu vivía de la fortuna de ella, pero ya la tenía. Su mujer le había facilitado los avales necesarios para iniciar su deslumbrante carrera en el mundo inmobiliario de la Barcelona que se preparaba para lavarse la cara y esconder el culo tras la concesión de los Juegos Olímpicos. Además, Marga confiaba en él. Siempre confió en él, antes y después del accidente.

—Sin ella viva...

—¡Por Dios, no seas absurdo! ¿Cómo va un hombre como Oriol, un patán de secano con ínfulas de magnate, a deshacerse nada menos que de una, y perdona que insista, Una Auténtica Lady? Por recurrir a un ejemplo que hasta tú entenderás —ahora es Diana quien sonríe, satisfecha ante su inminente pullazo—, sería tan improbable como que un árabe exterminara a su pastelero favorito.

Instintivamente, Fattush se lleva la mano a la algo prominente barriga.

—Pienso dejar los dulces.

—Ya. Y los turrones con pistachos de antes, en el italiano, eran una romántica forma de despedida. ¡No me fastidies! Con la esposa aristócrata, y también con su riqueza, a Oriol se le abrieron todas las puertas que importaban en Barcelona. Se convirtió en un catalán internacional, lo que más puede encandilar a una sociedad melancólica, en permanente déficit de demostraciones de cariño procedentes del exterior. Sus expediciones a Egipto, sus patronazgos, sus excavaciones, su colección de antigüedades... Formaban un tándem perfecto: una noble romántica y un catalán emprendedor. Con Marga muerta, con el título yendo a parar a un lejano pariente inglés, el hechizo se habría roto. No. Oriol no intentó matar a su mujer Y, por consiguiente, ésta no se vengó de él asesinándole. Fin del asunto.

Fattush la examina, afable. Una amabilidad teñida de ironía.

—¿Desde cuándo confías tanto en las viudas?

Ante la pregunta, Diana recuerda experiencias pasadas. Se le atraganta el humo de la *shisha*:

—Uf, ya quema. —Llama con un gesto al muchacho y le pide otra piedra—. Se quedó paralítica, no muda: podría haberle denunciado, de haberla empujado él.

Guardan silencio hasta que el *shishero* repone la cazoleta con el tabaco. Diana se toma su tiempo.

—Hay algo más —confiesa, al fin—. Les conocí. Les vi una vez, en una fiesta que ofrecieron en su casa de Barcelona, la del accidente. Y sé lo que vi. Puede que Oriol fuera un tipo sin escrúpulos que se apoderaba de cuanto le venía en gana, sin importarle a quién perjudicara. Era un adulto malcriado y bastante grosero. Y, muy probablemente, un estafador y un bocazas. Pero cuando Marga le chistaba lo más mínimo desde su silla de ruedas, iba hacia su mujer como un cachorro. Me fijé en su forma de mirarla cuando ella no se daba cuenta. Como si temiera que fuera a romperse del todo, con una devoción poco común en un hombre de sus características. Como si recordara el breve tiempo en que la tuvo, físicamente entera. Podía arrodillarse y hundir la cabeza en su regazo, sin importarle quién estuviera delante, o tomarla en brazos y ponerse a dar vueltas, bailando al compás de una melodía que despertaba en su memoria común una emoción que nadie más podía compartir. Eran una pareja. Indestructible. Unidos por la fortuna y la desgracia. Todo lo demás... negocios turbios, asuntos de faldas... Estoy segura de que ella era su cómplice y su amiga. También de que algo de Marga murió con Oriol. Lo afirma Roxana, que no es ninguna ingenua y que la quiere como a una hermana.

Derrotado en apariencia —pero con un fruncido lateral de labios típico de quien no las tiene todas consigo—, Fattush propone:

—Sigamos con la lista.

—Soy incapaz de atacarla sin otra copa.

Fattush ordena un whisky para ella y, para él, un coñac.

—La noche será larga —comenta.

Y no parece lamentarlo.

IV

—Aparte de Roxana y Marga, tenemos al doctor Joan Creus, un amigo de la infancia de Oriol. Fueron juntos al colegio, y más adelante Laclau lo metió en el equipo médico del Barça. Según Roxana es como de la familia, y desde que Marga se quedó discapacitada la ayudó mucho a superar su desgracia y a que encontrara, dentro de sus limitaciones, la forma de sacar el máximo partido de su situación. Digo yo que no es lo mismo ser una millonaria en silla de ruedas que tener parálisis y ser pobre en El Cairo, y que la familia te siente cada día a la entrada de Jan el-Jalili para que ejerzas de mendiga.

—No te pongas demagoga. A lo mejor esa pobre mujer es más querida por su familia de lo que tu aristócrata lo será en su vida.

—De acuerdo, el que no se conforma es porque no quiere. Sigo con el doctor. Cuando a Laclau le dio su primer jamacuco (dicen las malas lenguas que, en ambas ocasiones, por un exceso de cocaína combinado con alcohol), Creus se hizo cargo de la pareja. El empresario se repuso pronto en ambas ocasiones, pero desde entonces quiso tener al médico cerca y para siempre. Creus dejó su empleo en el club de fútbol y, desde entonces, no se separó de los Laclau.

—¿Vivía con ellos?

—No, hombre, no hasta ese punto. Pero sí viajaban juntos. Poco antes del crucero en el que Laclau resultó asesinado, los tres estuvieron en Japón, un viaje del que Oriol regresó entusiasmado y adicto al sushi. Se convenció de que la comida japonesa mejoraba su circulación sanguínea.

—¿No te parece sospechosa tanta lealtad?

—¿Por parte del médico? —Diana se encoge de hombros—. Roxana cuenta que su hermano era muy generoso con él, y que el otro le admiraba y le quería desde que eran pequeños. Tú y yo sabemos, no obstante, que en el mundo anidan no pocos amigos desagradecidos.

—Y no menos individuos mediocres y envidiosos —asiente Fattush.

Intercambian los humos de sus *shishas*, dejando que se fundan en el aire. Un ritual que perfeccionaron en Beirut.

—Está también el biógrafo —prosigue Diana—, todo un elemento. Un excedente de los años ochenta, cincuentón, periodista especializado en *rock'n roll*, con mucha tierra en La Habana a cuenta del pasado, según la versión de mi amiga. Dice que va por ahí perdonando vidas, pero no estamos ante un ex redactor de la mítica *Rolling Stone*, sino más bien ante alguien que picoteaba por aquí y por allá, ahora escribiendo, ahora produciendo un disco de mala muerte, casi siempre viviendo de los cantantes famosos a quienes conocía. Su nombre de guerra es Pitu Morrow, pero se llama Pius Serra, que mola menos. Se presentó ante Laclau recomendado por un jugador del Barça amigo suyo, postulándose para escribir su biografía. El otro se lo quitó de encima, pero poco después leyó su blog y le pareció que tenía buena pluma. Supongo que al muy ególatra le subyugó la idea de controlar un libro sobre sí mismo. Convocó a Morrow y, desde entonces, éste ha vivido de los sablazos que le pegaba a Laclau a cuenta de lo que le pagaría la editorial a la entrega de la obra magna. No se me ocurre que tuviera motivos para matarle. Salvo, claro, que un libro sobre un prócer muerto dé más dinero que sobre uno vivo, cosa que ignoro por completo.

—O salvo que el hoy difunto hubiera descubierto que el otro no había escrito nada, o que lo que había escrito no valía, o que desvelaba demasiados secretos suyos, y quisiera despedirle.

—Yo lo veo al revés: si Pitu Morrow sabía demasiado de Oriol, ahora sería él quien estaría muerto.

—¿Qué aspecto tiene?

—No lo sé. Lo que he encontrado en Internet es antiguo, y eso incluye la foto de su blog, de hace más de veinte años. De joven se parecía a Jim Morrison. O le imitaba.

—¿Quién más? —Fattush pide otra ronda de copas.

—Una amiga de la familia, Claudia Mollà, antigua modelo publicitaria, todavía de muy buen ver, de unos cuarenta y tantos. Viaja con su hermana, Laia, mucho más joven que ella. Claudia es amiga de los Laclau desde que Oriol la utilizó para algunos de sus anuncios en televisión, cuando puso en marcha su proyecto de urbanizaciones de lujo en la Costa Brava. Oriol siempre le guardó cariño y respeto, incluso se hizo amigo de las hermanas, de ahí que las invitara al crucero con el que quería celebrar su sexagésimo aniversario, y que acabó convirtiéndose en su despedida de este mundo. Yo creo que, en algún momento, tuvieron un lío.

—Bueno, una antigua amante despechada da mucho de sí en materia de venganzas —aventura Fattush.

—Lo mismo pienso yo. Tendré que investigar a la bella ex modelo.

—¿Durante el crucero? —se inquieta Fattush.

—Tranquilo, en tu querido *Karnak* hay Internet, y yo, como comprenderás, tengo algunos contactos en Barcelona. Por otra parte, no me cabe duda de que dispones de amigos en la pasma egipcia que puedan echarte una mano de tapadillo, llegado el caso.

—¿Entre esos torturadores? —El inspector se escandaliza. Luego rebaja el tono—. Conozco a uno que no está mal. O que no está tan mal. Aquí todo resulta aún más podrido que en Líbano. La entera pirámide policial trabaja para mantener al autócrata y a su camarilla.

Diana Dial permanece en silencio mientras el camarero deposita el pedido.

—Mañana voy a tener dolor de cabeza —se lamenta Fattush, llevándose el coñac a los labios.

—No te preocupes, en el Marriott el alcohol es de primera. Las raciones escasas, eso sí. Conservan la maldita costumbre del *tot* británico. Como iba diciéndote, no nos iría mal que investigaras ya al guía. Es un muchacho que estudia filología hispánica y que se gana la vida enseñando monumentos. Trabajó en el otro crucero, y la única razón por la que Roxana lo ha vuelto a contratar es porque lo hizo muy bien. Libre de sospechas. Un chico muy educado, moderno, que escribe su tesis sobre la importancia de Egipto en la obra de un autor español, Terenci Moix. Se llama Ismail Abd el-Mansuri. De todas formas, me gustaría saber si tiene antecedentes.

—Mañana telefonearé a mi amigo. ¿Quién es el siguiente?

—Ah, esto va a enloquecerte —sonríe Dial—. ¡Fuad el-Rashid!

—¿El cantante? ¿El legendario ídolo de las masas egipcias? ¿El protagonista de aquellas películas musicales de mi infancia?

—El mismo. No sabía ni que seguía vivo. Pues sí. Octogenario. Empezó a triunfar en tiempos de Nasser, como sabes. Es amigo de Marga, que le admira como una quinceañera. Según Roxana, sus canciones de amor son lo único que escucha desde que Oriol murió. Me temo que tendremos que apechugar con alguna que otra serenata. Viene con su última mujer, una veinteañera llamada Farida. Ah, y con Raheb, un hijo habido con no sé cuál de sus anteriores esposas, que sólo es un poco menor que su madrastra.

—Hum, serenatas de amor en el Nilo... Cuando se lo cuente a mi madre no podrá creerlo. Ella también admira a El-Rashid.

—Puedes llevarle a Beirut algo grabado con tu teléfono —sugiere Dial con sorna.

Un ruido ensordecedor les sorprende. Es el orondo jeque: al levantarse, ha empujado con excesivo brío la monumental silla que ocupaba, estrellándola contra el suelo. Los camareros se apresuran a pedirle disculpas, y el *maître* se suma a la ceremonia del absurdo, extendiendo en torno al de la túnica su repertorio de reverencias.

—Lo que hay que ver —comenta Fattush cuando

el hombrón desaparece, flanqueado por las chicas y moviendo, con un bamboleo hipnótico, sus descomunales nalgas.

—Este hotel es una mina —responde Dial—. Anoche, aquí mismo, me preguntaba si una joven que estaba en la mesa de al lado pertenecía al más viejo oficio o no. Ella misma me dio la respuesta al quitarse un pelo de la boca.

Fattush suelta una carcajada escandalosa.

—¿Te he dicho que te echaba de menos? —apunta, beatífico.

—A ver, qué nos queda —le corta Diana, eufórica—. Una secretaria, Dolors Moltó, que empezó con Laclau cuando éste abrió su primera consultoría financiera, y siguió con él hasta el final. Un año después todavía va por ahí secándose las lágrimas con el pañuelo. Muy fiel, abnegada y etcétera, etcétera.

—¿Y también una ex amante despechada? —inquiere Fattush.

—¿Por qué no? Arrinconada tras su mesa, conocedora de muchos secretos... Laclau no era un hombre propenso a mantener la bragueta cerrada. Pero ya te digo: fiel, leal, devota... Según Roxana.

—¿No te parece extraño?

—¿El qué? —Distraída, Diana ojea su cuaderno.

—Tanta devoción. Parece el crucero del amor. Y sin embargo, alguien le mató. ¿Te ha contado tu amiga en qué basa sus sospechas?

—Te lo explicaré luego. Todavía quedan pasajeros.

—¿Quiénes?

—Penetremos en el planeta arqueología. En orden de menor a mayor, un arqueólogo que no acabó la carrera, Alfons Permanyer, a quien Laclau convirtió en el encargado de catalogar, cuidar y organizar su colección de antigüedades egipcias siempre en aumento... Se trata, para variar, de un agradecido y leal miembro de la tribu oriolesca.

—Esas antigüedades —la interrumpe el inspector—, ¿cómo las conseguía?

—Según la versión oficial, en subastas de lo más legal o mediante donaciones del Gobierno egipcio, agradecido por su contribución a las excavaciones. Debía de tener un buen chollo, el ínclito Oriol, y precisamente con la principal estrella invitada al crucero. Lo he dejado para el final del elenco.

Ambos apuran sus copas.

—¿Te das cuenta —pregunta Diana Dial— de que vamos a embarcarnos en una aventura de cine?

Fattush asiente.

—Es lo que me gusta de trabajar contigo. Nunca dejas de sorprenderme.

Bien, piensa Diana. Bien, bien, bien.

Como ella espera, Fattush no insiste en que le revele el nombre del último pasajero. Forma parte de su juego de siempre cuando investigan juntos, es un tira y afloja con la información que cada uno ejerce, como si jugara, para echarle pimienta al asunto.

—Está bien —decide Diana—, más vale que te lo diga. ¡Hadi Sueni!

Desorbita el otro los ojos.

—¿El factótum de Mubarak en materia de antigüedades? ¿El hombre que controla el Museo Nacional, los monumentos, las excavaciones? ¿Ese astuto, ese corrupto, ese vanidoso insoportable que se cree Indiana Jones?

Diana se echa a reír.

—¡El mismo! Y no viene solo. Le acompaña su última conquista, una tal Lulú Cartier, ya ves qué nombre usa, una francesa que ni siquiera es arqueóloga, a la que ha adjudicado la búsqueda de la tumba de Cleopatra que, para empezar, no existe, que se sepa; y, además, en una zona del Delta en donde nadie en su sano juicio habría enterrado a la buena mujer. Y ahí lo tienes, follando con cargo al erario público mientras la otra hace ver que excava, y la prensa afín al régimen publicando las notas que el gran hombre defeca sin apenas interrupción.

—Será un placer viajar por el Nilo con el doctor Sueni.

—Y visitar los monumentos que hallemos por el camino, guiados por su sabiduría —remata Dial, riendo sin recato—. ¡Ese quiosco de Trajano! ¡Ese templo de Hatshepsut! Oriol y Sueni eran íntimos, de ahí las suculentas antigüedades que Laclau arramblaba para su colección. Una de las piezas ha desaparecido. Y, en opinión de Roxana, ése es el motivo por el que su hermano fue asesinado.

—Soy todo oídos. —Fattush se arrellana en su sillón.

V

Luxor, un mes atrás

—Huele muy raro. Y hace frío —se quejó la ex reportera.

Roxana, con su vestido largo y ancho, salpicado de pedrería, y su peluca de muñeca, ofrecía una extraña estampa, en pie a la cabecera de la mesa de mármol sobre la que se hallaba aquel cuerpo inerte, rígido y envuelto en anchas vendas de lino blanco... Si alguna duda le quedaba a Diana Dial de que el mundo árabe trastorna a los occidentales que viven en él, esa noche la perdió por completo. ¿Huiría ella a tiempo, antes de ser alcanzada por la maldición? Quién sabe. Quizá el veneno ya estaba aquí, en su quisquilloso cerebro.

—Lo organizó el querido Hadi, que se encargó de acondicionar el sótano; bueno, él no, sus empleados. Lo mandó poner igualito, claro que en pequeño, que la Sala de las Momias de su museo. Pero lo primero que hizo, estando en el barco, fue disponer el embalsamamiento, en cuanto Oriol murió. Porque, ¿para qué meterse en líos facturando el cadáver a Barcelona? Tú no sabes lo que cuesta sacar un muerto de aquí por lo legal. Y enterrarlo en este país, aunque no sea en territorio faraónico, o esparcir sus cenizas, lo mismo. Según no sé qué demonios de ley, hay que comprarle una casa a una familia de la zona para que vigile la tumba, una generación tras otra. No es sólo el dispendio, es que inviertes una vida en tramitar el asunto, por muchas influencias que tengas.

—Pero lo que vais a hacer, enterrarle en un valle sagrado, y lo que hicisteis, embalsamarle en el sitio, sin denunciar su defunción, y a la antigua usanza, es ilegal.

—Ay, hija, de eso también se encargó Hadi, es un amor. Al fin y al cabo estaba Creus, el médico, que certificó que había fallecido de muerte natural. Mi hermano se empeñó en que, a su muerte, se le tratara como un faraón. Menos mal que no exigió que le enterraran con sus posesiones, hasta ahí podíamos llegar. Le dimos un último gusto. Al pobrecito se lo llevaron a una cueva, y yo me volví a Luxor con mi cuñada, que estaba deshecha, te lo puedes imaginar. No tuve que preocuparme por nada. A los tres meses me lo mandaron, envuelto en su mortaja, a la antigua usanza, tal como lo ves, junto con esas jarras de alabastro tan monas que guardan sus cositas dentro. Dicen que lo tenemos que enterrar mirando al sol naciente y de costado. Pero según mi cuñada eso no viene de antes, es un rollo de los musulmanes y de La Meca.

Diana, que, en previsión, había bajado con la copa, se echó un buen trago al coleto.

—Volvamos arriba. Me estoy mareando —avisó.

En el pequeño ascensor metálico, Roxana le palmeó las mejillas, al tiempo que le soplaba con su aliento braseado al oporto.

—¿Estás mejor? Qué pálida. No tendrías que haberte cambiado al whisky, baja la tensión. Y esa forma que tienes de arreglarte. Pelo corto, colores crudos. ¡Un poco de alegría, nena, que la vida es corta! Que se lo pregunten a mi hermano...

El ascensor las depositó en el salón. Diana se habría dejado caer en un sofá, pero su orgullo le impedía dar muestras de debilidad. Salió a la terraza. Pese a las luces de Luxor, el cielo aparecía violentamente estrellado.

—Desde aquí, antes, se veía mucho mejor el Nilo —comentó Lady Roxana—, sin esas horrendas casas que están haciendo, ni esos barcos de cruceros para turistas, que aparcan en cinco filas.

—Amarran —corrigió Dial, ya más despejada—. Los barcos se amarran, los coches se aparcan...

Se volvió hacia su amiga, de súbito buen humor. El Nilo, el firmamento nocturno, la silueta misteriosa del Valle de los Reyes al otro lado, apenas insinuada en la oscuridad. Por todos los faraones, ¿de qué te estás quejando, Diana? Disfruta de esta excentricidad. Es un bálsamo para tu alma, después de la sordidez revelada por tu último caso. ¿Una trama tan *déco* como el mobiliario de esta villa? Adelante. Quizá, pese a todo, tendrás oportunidad de ahondar en el Egipto real, el que existe debajo de estas vanas mosquiteras coloniales.

—Y ahora, antes de que me preguntes —sonrió Roxana—, te voy a contar por qué tengo la sospecha de que a mi buen Oriol le asesinaron.

Diana se sentó a su lado y se dispuso a escucharla con su mejor voluntad.

—Como no ignoras, mi hermano fue un gran coleccionista de antigüedades de Egipto, tanto del más Alto como del más Bajo. Reunió piezas tan extraordinarias que puede que las donemos a la ciudad de Barcelona y nos ganemos su eterna gratitud. O no, quizá nos las repartamos entre Marga y yo. Al fin y al cabo, en el jardín de mi masía de Pals, unas piedras egipcias quedarían de coña.

—Al grano, Roxana —la estimuló Dial.

—El caso es que Oriol también había empezado a coleccionar piezas de períodos posteriores: fatimí, mameluco, otomano... Mosaicos, muebles... ¡Pensar que aquellos salvajes hacían cosas tan bonitas! Hadi le ayudaba, como es natural, a sacar las obras de Egipto. Para eso eran amigos. En el triste crucero en donde mi hermano perdió su vida, y con motivo de su sexagésimo cumpleaños, el propio Hadi le hizo un regalo muy bonito: un astrolabio. Una de esas cosas que usaban los árabes antiguos, lo he buscado en Google, para orientarse y hacer mapas. A mí, qué quieres que te diga, me va más lo faraónico, pero Oriol se puso la mar de contento. Hadi, en su modestia, nos aseguró que en el Museo Islámico tienen un fondo inacabable de astrolabios. O sea, que no era una pieza única, ¿me entiendes? Una más, una menos, ¿qué diferencia hay?

Dial tuvo que confesarse que seguía a su amiga con dificultad.

—¿Me estás diciendo que Hadi Sueni birló el astrolabio de los fondos del Museo Islámico para hacerle a tu hermano su regalo de cumpleaños, aprovechando que allí tienen de sobras?

—No... O sí... Yo qué sé, ¿no es una especie de amo? En todo caso, a lo que voy. Cuando regresamos a Luxor, Marga y yo, revisando los equipajes, descubrimos que el astrolabio no aparecía. No le dimos importancia. En aquel momento teníamos cosas más graves en las que pensar, con Oriol todavía de cuerpo presente en una cueva.

—¿Pero...? —la estimuló Diana.

—Sí, hay un pero. Un pero como una casa. Hace unas semanas, Jonathan, el agente neoyorquino de mi hermano, que trabaja en las subastas clandestinas, y a quien yo había puesto sobre aviso por si alguien nos había robado el astrolabio (con esta gente, nunca se sabe: el barco estaba lleno de empleados nativos), me envió un e-mail. Según él, había aparecido en el mercado internacional un trasto de las características del de mi hermano, pero resultó que no era uno de tantos, ni puñetas. ¡Había pertenecido al tío ese que escribió el primer libro de viajes en el que aparece Sudán!

—Un momento.

Diana Dial se recostó en el respaldo del sofá, que quedaba lejos de sus riñones, y para ello se descalzó y cruzó las piernas sobre la seda adamascada. Roxana continuó:

—Un tal Hasan ibn Muhammad, que parece que es muy conocido...

Dial inclinó la cabeza, como un loto inquisitivo:

—¿Me estás diciendo que el astrolabio perteneció a León el Africano?

Y soltó un silbido admirativo.

—¿Le conoces?

—Fue un personaje impresionante. —Pensó en cuánto se perdía Roxana, con todo su dinero, por no leer libros—. Era español, de al-Andalus. Mejor dicho, era hijo de todo el Mediterráneo. Escribió una obra muy importante, *Descripción de África y de las cosas peregrinas que allí hay*. Y sí, entre otros países estuvo en Sudán, fue el primero en hablar de él.

»"Soy hijo del camino, caravana es mi patria y mi vida, la más inesperada travesía" —declamó Diana, para su coleto, recordando una frase del libro *León el Africano,* escrito por Amin Maaluf. Frase que a ella siempre le pareció una descripción exacta de la existencia. De la suya.

—Quien lo vendió, ya sabes que esos nombres no trascienden, obtuvo una pasta importante. Pasta que, como herederas, nos pertenece a Marga y a mí.

—¿Perdona? —Le costó salir de su ensimismamiento.

—¡Por el astrolabio del africano ese! ¿No te parece un motivo suficiente para matar? Eso es lo que pensé en cuanto Jonathan me contó lo de la subasta.

—¿Hablaste con Hadi?

—¡Sí, es lo primero que hice! ¿Y sabes qué me contestó? Que ese astrolabio no podía ser el mismo. En todo caso, no estaba catalogado. Dijo que lo dejara correr, porque en las antigüedades a veces mete mano el Ejército, y no conviene armar barullo.

VI

El Cairo, noviembre de 2009

—Y eso es todo —concluye Diana—. Por el momento.

—¿Cuándo salimos para Luxor?

—Mañana. Joy ya tiene preparados los equipajes.

—No veo la hora.

—Yo tampoco. ¡Juntos, en el Nilo! La última vez que te vi, en Beirut, acababas de elegir un minicamisón para tu mujer.

SEGUNDA PARTE

VII

—Deberíamos esperar en el hotel —protesta Lulú Cartier—. ¡Qué imprevisión, no tener el barco preparado! Si, por lo menos, dispusiéramos de habitaciones en el Old Cataract, como en el crucero anterior...

Hadi Sueni, llevándose la mano a su sombrero Fedora a lo Indiana Jones para asegurarse de que lo tiene encasquetado en el grado justo de aventurera inclinación, intenta calmarla:

—El Old Cataract se encuentra en restauración, desde aquí se ven los andamios de la fachada —explica—. Y los otros hoteles no son dignos de nosotros, mi querida niña. Tranquilízate. Me encantará enseñarte el templo de Isis, volver a besarnos en el quiosco de Trajano...

—¡Otra vez! —Lulú acompaña su queja con una patadita en el suelo—. ¿Por qué hemos de repetir crucero? Aquél terminó mal y éste me está impidiendo continuar la búsqueda de mi Cleopatra. Me falta *así* para el gran descubrimiento.

Y señala la punta de su enguantado índice.

—Lo sé, mi reina —sonríe el otro, y le acaricia la mejilla—. Cleopatra te esperará. ¿Quién no lo haría?

—Y el barco ni siquiera tiene piscina. ¡Ni televisión!

Lulú no se rinde, pero él no la escucha. Se limita a darle la razón a la señorita Cartier mientras se come con la vista su curvilínea figura, engalanada, como él, con todos los avíos del explorador arqueológico, que incluyen los ahuecados pantalones de montar que, recogidos por botas altas, destacan respectivamente el trasero respingón y muy francés de la joven, y las sólidas caderas y el apacible michelín intermedio del sesentón director supremo de Antigüedades Egipcias.

En el centro del grupo, del brazo de Fattush, Diana Dial se pronuncia en voz no del todo baja.

—Esa imbécil, ¡debería estar agradecida! Esto es precioso. La pobre Marga, que es quien sufre más las incomodidades, ni se queja.

—Precioso. Imbécil. La buena de Marga —concede el inspector.

Ajenos por unos momentos a la expedición a la que pertenecen, aprecian el espectáculo. Rostros que emergen de galabeyas azules —con ese tono especial de azulete que sólo se encuentra Nilo abajo—, elegantes en su sobria pobreza, cabezas majestuosas coronadas por turbantes de un blanco impoluto. Manos enjutas que sujetan rababas y acarician con delicadeza el arco, como si al intentar colocarle al comprador la mercancía le anticiparan las notas que el instrumento guarda en su diminuto vientre. Manos airosas que mecen collares de sándalo. Los pies, a menudo descalzos. Rostros, manos, pies: piel negra, gloriosamente oscura, orgullosamente distinta. África, piensa Diana Dial. África ya sin disimulos. Arena y Nilo —aquí el desierto se junta con el agua— y, en sus orillas, una población que transmite calor y lejanía, paradojas. Desperdigados en el río, avivando aún más la escenografía, se alzan islotes de variados tamaños en los que brota una vegetación furiosa, triunfante pese a la cercana embestida del desierto, con su oleaje de ocres.

Somos pardillos asomándonos en vano a un mundo que jamás podremos conocer, reflexiona la detective, algo pomposa, acercando su costado al de su amigo Fattush, no en actitud defensiva contra la multitud colorista que intenta venderles pequeñas esculturas de ébano o canastas de palma, pintadas con esmaltes llamativos como gemas. De forma inconsciente, Dial forma piña con el inspector para separarse de la contagiosa estupidez que suele apoderarse de cualquier manada turística. Somos sombras, atravesamos esta realidad y la luz nos deslumbra pero no nos desnuda. Ensimismados, europeos, vetustos. Y este grupo: gravado con un crimen por resolver, y con el fardo del dolor y de la culpa. Aunque no para todos.

La comitiva se desplaza con lentitud hacia una faluca de tamaño considerable —son casi una veintena de pasajeros, sin contar a los miembros de la tripulación—, coronada por un alegre toldillo blanco que se bambolea, mecido por una leve brisa. La embarcación les conducirá a la isla de Agilika, adonde fueron trasladados los templos de la isla original de Filé cuando los tesoros de la Baja Nubia quedaron sumergidos por la construcción de las presas.

Luz, luz, luz. En la superficie del agua, que el vientecillo riza en escamas; en las blancas velas de las falucas que surcan el río, descolgadas del tiempo; en las risas de los hombres que preparan la barca y sus aparejos, y que ofrecen su brazo a las damas para facilitar su descenso por una desigual pasarela hecha con tablas y casi tan inclinada como el sombrero de Hadi Sueni. Luz y oscuridad, esplendor y misterio. Mas no un misterio banal como el que Diana quiere desvelar —un crimen—, sino sustancial: el misterio que siempre anida en los otros.

El joven paje de Roxana, que ha resultado llamarse Haggar, conduce a Marga en una silla de ruedas plegable construida para ocasiones como ésta.

Pálida, pero sonriendo como una buena anfitriona, la viuda atraviesa el grupo. Haggar es el único miembro del servicio que les acompaña a Agilika, una excursión propuesta por Ismail, el guía, para acortar el tiempo de espera hasta que los empleados del *S. S. Karnak* hayan limpiado la nave de los vestigios del grupo turístico anterior, y el vapor esté disponible para emprender un nuevo crucero. Las doncellas que atenderán a las cuñadas se han trasladado al histórico buque desde el aeropuerto, con los equipajes, dispuestas a dejarlo todo en orden para cuando las amas aparezcan a la hora del almuerzo con los invitados. Roxana, muy fina, y pestañeando en dirección a Fattush, le ha indicado a Dial que Joy, siempre llevando a Yara en su canasta, acompañe a «la servidumbre». A Diana le ha parecido advertir un secreto jolgorio en la actitud de las tres criadas que, un poco apartadas, aguardaban instrucciones sin dejar de hacerle carantoñas a la niña.

Lady Margaret apenas ocupa espacio en la silla en donde la han depositado los empleados del aeropuerto. Su cuerpo frágil y su pálido cutis, y la transparencia de sus ojos azul porcelana, le hacen aparentar menos edad de la que tiene, unos cincuenta cumplidos. Ha pasado de unos brazos a otros desde que abandonaron Luxor: Haggar, muchachos de los aeropuertos, de nuevo Haggar. Diana la ha observado durante el vuelo: hundida en el asiento, con la frente apoyada en la ventanilla, su rubia cabeza —el pelo dorado, recogido con peinetas de nácar— aparecía nimbada por los rayos del primer sol. No podría decir si la mujer dormía o se hallaba absorta en el paisaje. O recordaba. Por expreso deseo suyo, nadie podía sentarse a su lado. Ni siquiera su médico y amigo, el doctor Joan Creus, que al otro lado del pasillo intentaba adaptar su largo y huesudo cuerpo a la estrechez del asiento, y que ni por un instante ha dejado de observarla durante el viaje, a través de sus gafas hipermétricas con montura de concha que parecen siempre empañadas, si bien la detective deduce, prosaica, que el doctor no las limpia a menudo. Tampoco parece lavarse con frecuencia. Despide un olor rancio, a almacén de farmacia.

—Gracias por venir —le dijo Marga a Dial cuando, un par de días antes, en la villa, Roxana le recordó su encuentro de hace años en la fiesta de Pedralbes—. No sabes lo que significa para mí contar contigo.

Y dejando reposar durante unos segundos su mano en la de Diana, añadió:

—Éramos tan felices. Tú nos viste.

Curiosa manera de evocar aquella ocasión. Tú nos viste, luego no me engaño. A la detective, la frase le produjo un pellizco en el estómago pero, en contra de su costumbre, abstraída en la observación de la tronchada belleza de su interlocutora, no se entretuvo en averiguar si aquel dolorcillo en sus entrañas era síntoma de uno de los presentimientos que solían asaltarla cuando abordaba un caso. Más tarde lo lamentaría.

Es Haggar quien, ahora, saca a Marga de la silla para llevarla en volandas hasta la faluca, quien la deposita sobre cojines preparados para ella en la banqueta de estribor, en la proa. Al lado de la viuda se instala Roxana, que hoy luce una túnica blanca con estampado de múltiples arco iris y una peluca roja. Los otros van bajando a la barca y ocupando asientos.

Diana se ve separada de Fattush por la irrupción del doctor Creus, quien, empujando al inspector, se sienta al lado de la detective. Su aroma corporal queda algo diluido en el aire cuando, por fin, el motor arranca entre jadeos de gasógeno y la embarcación se pone en marcha. Más allá del doctor, en la misma banqueta, se sienta el voluminoso Pitu Morrow, que en efecto se parece algo a Jim Morrison, aunque no tanto como en la foto antigua que publica en su blog. En la actualidad es veinte años mayor y pesa veinte kilos más y tiene un físico más bien cercano a Meat Loaf. En el barco —como antes en la villa y en el avión—, Diana ha sentido sus ojos redondos y pequeños clavados en ella con repelente admiración. «¿Diana Dial, la famosa reportera? —se extasió cuando les presentaron—. ¡Eres total, total!»

Aquel pedazo de carne y pelos, remanente de los años ochenta, le producía a Diana la angustia que siempre despertaban en ella las vidas caóticas, los seres irresueltos que arrastraban su adolescente torpeza más allá de lo estéticamente permisible y de lo socialmente razonable.

La mole del biógrafo de Laclau casi oculta a Dolors Moltó y Alfons Permanyer, que fueran secretaria fiel y arqueólogo para todo del prohombre, y que se sientan también a estribor, ya en la popa. «Ella es una *gata maula*», había comentado Diana a Fattush poco después de conocerla, traduciéndole de inmediato al inglés las palabras en catalán que definirían a una mosquita muerta, a una lagarta hipócrita. De no hacerse evidente el profundo duelo que Marga encarna en su exquisita osamenta y en su porte aristocrático —la devastación interior sublimando su cuerpo como una pieza de orfebrería—, la Moltó habría parecido la viuda. Un pañuelo siempre en la mano, como una actriz de película antigua, recuerda que el enrojecimiento de los ojos se debe sin duda a llantos ocultos y no, por ejemplo, a una noche de insomnio o —lo más probable, en opinión de Dial— a haberle dado al frasco, a escondidas y más de lo conveniente. En cuanto a Alfons Permanyer, su condición de subordinado se refleja con tanta pulcritud en su físico y maneras que casi produce sobresalto. Como si el hombre se hallara siempre bajo control. ¿Suyo o de la Moltó? «Lo que este par serían capaces de combinar, si se lo propusieran. Mediocres y rencorosos», dictaminó Diana en la primera ocasión que les vio, y su amigo Fattush no pudo estar más de acuerdo: «Líbrenos el cielo de las aguas mansas», asintió, poniendo los ojos en blanco.

Tras examinar a Permanyer, la visión de la periodista experimenta casi un sobresalto cuando se detiene en la pareja formada por Minnie y Mickey Jones —como ha dado en llamarles—, instalados en la banqueta de babor, en la popa. Sueni y su Cartier intercambian mimos como si se encontraran en la última fila de un cine. Sus atuendos de arqueólogos de catálogo resultan tan ofensivamente inoportunos como un fornicio en un entierro. Este uniforme es la marca característica del niño mimado de Mubarak —el octogenario dictador bien puede considerar así a alguien dos décadas más joven, piensa Diana con humor— en materia de antigüedades y monumentos. No lo hace del todo mal, según los periodistas internacionales a los que, periódicamente, convoca en Egipto —pagando el Gobierno viajes y hoteles— para brindarles este o aquel descubrimiento, una momia nueva, una estela o una tumba, con objeto de acaparar espacio en los principales diarios del mundo. Nada, ni un monumento islámico ni una concesión para restaurar un barrio con fines benéficos, escapa a su control ni a su peaje. De aquí que todos, incluso sus críticos, hayan acabado por aceptar su vestimenta a lo Indiana Jones cual una extravagancia tan propia de él como su tendencia a manosear jovencitas en su despacho, o a exigir botellas de whisky caro a cambio de conceder entrevistas. Que la necia Lulú Cartier —¿de qué lupanar habrá salido, con semejante nombre?— comparta su estilismo le parece a Diana casi tan escandaloso como que la joven intente labrarse un nombre buscando en el Delta los inexistentes restos de Cleopatra. ¿Se ha cargado a Laclau por un astrolabio el hombre que controla los tesoros de Egipto? A Dial le parece poco factible. ¿Existen otras razones? ¿Se había convertido el catalán en un socio demasiado exigente, demasiado molesto, en un testigo peligroso?

Mira a Fattush, sentado al lado de Minnie Jones, y le saluda con la mano. El inspector, sin perder su expresión irónica, le devuelve el gesto. «Ya estamos embarcados», parece decirle. Y no se refiere únicamente a esta excursión a Agilika.

A la izquierda del policía libanés, las hermanas Claudia y Laia Mollà, separadas por diecinueve o veinte años de edad —Roxana le ha contado a Diana que son hermanas sólo por parte de padre—, parecen diferentes versiones de una misma mujer. La que más puede acercarse al original es Laia. Ambas: cabello castaño claro, cuerpo de estatura mediana y sin errores de fábrica, un rostro de pómulos altos, unos labios bien dibujados. Pero entre ellas, aparte de la diferencia de edad, se interponen los pequeños retoques que Claudia ha tenido que hacerse para seguir ejerciendo de modelo, aunque para productos que requieren de bellezas maduras. Cirugía plástica inteligente, se dice Diana. Nada evidente, tampoco nada que un ojo experto como el de Dial —ejercitado en el vivero de los brutales arreglos beirutíes— no pueda descubrir. Sus labios son como los de la joven, pero demasiado turgentes; sus pómulos denotan la misma calidad, pero han sido objeto de estiramientos. Al contrario que las de su hermana, sus cejas son perfectas, simétricas. Tatuadas. Tales apaños no afectan a la rotunda declaración de intenciones que se lee en sus alargados ojos castaños: nada de lo que hagáis puede sorprenderme, parece decir. Los ojos de Laia, en cambio, son soñadores y se posan más de la cuenta en el joven y atractivo guía, Ismail —en pie en el centro de cubierta—, que ya en el aeropuerto de Asuán, cuando ha recibido a la pandilla esta mañana, ha impresionado a Diana. Parece inteligente, despierto y, desde luego, no es sumiso. Su forma de darles instrucciones ha dejado claro, desde el principio, que no piensa tolerar caprichos ni salidas de tono. No se achanta el joven filólogo hispánico, metido a guía por la necesidad, ni siquiera ante el sumo sacerdote de las antigüedades.

Diana le ha visto tratarle como a los demás, con cortés indiferencia.

Aunque no es tan indiferente con Laia Mollà. Ambos viajaron en el otro crucero, hace un año. ¿Hay romance?, se pregunta Diana, ilusionada de repente ante la idea de que un poco de amor juvenil le alegre el viaje.

Sentado frente a Diana —y a Roxana y a Marga, a quienes dedica un fogoso discurso en su pintoresco inglés— se encuentra la vieja gloria de la canción egipcia en el mundo árabe Fuad el-Rashid, cuyo pelucón en forma de boina azabache embruja a la detective desde que le ha echado el ojo. Va maquillado como para una actuación televisiva, hay rastros de *make-up* en el pañuelo granate con topos blancos que se enrosca en su garganta. El cuello levantado de su camisa le cubre hasta las orejas, ocultando los costurones de una cirugía estética mucho menos cuidada que la de Claudia. Viste un *blazer* azul marino de botonadura cruzada y unos pantalones de hilo crudo que le confieren el aire de un ocupante permanente de yate. Para subrayar la perorata levanta el brazo derecho con énfasis, como si sostuviera una copa de martini. Marga sigue con interés —con devoción— sus explicaciones sobre la decadencia de la música árabe actual, aliñada con exclamaciones de desprecio hacia los raperos africanos. Roxana apenas interviene en el soliloquio con débiles cabezadas de asentimiento, parece estar pensando en otros asuntos, y la esposa y el hijo del artista —tan jóvenes ambos— se limitan a mirar a las anfitrionas con una mueca en los labios, una mueca bovina. Raheb, el chico, querría hallarse en otra parte, y Farida puede que también, pero en su mansedumbre hay algo que le dice a Diana que sabe que no tiene a donde ir.

Cuando la barca se aproxima a la isla de Agilika, los tripulantes inician un griterío que se suma al que procede del embarcadero. Instrucciones, peticiones, comentarios que ninguno de los viajeros puede entender. «Aquí os traigo otra bandada de loros», podría muy bien estar anunciando a sus colegas de la orilla el hombre que dispone la pasarela. «Pues no tienes ni idea de lo ridículos que son quienes están visitando los templos», tal vez le repliquen los otros.

Hace ya rato que los pedruscos de Agilika, berroqueños, limados por el agua y amontonados como si a un gigante le hubiera dado por apiñar guijarros en caprichosos montones, se han perfilado en el horizonte. De cerca, la belleza del lugar —pese a que Diana no ignora que la isla ha sido acondicionada artificialmente para que se parezca al antiguo sitio de Filé— le parece a la detective una recompensa demasiado valiosa, y además anticipada, por el resultado del trabajo que va a emprender.

En estos templos, construidos por los Ptolomeos para legitimarse honrando a los dioses egipcios, se encuentran las últimas inscripciones en jeroglífico y en demótico. La periodista, la bruñidora de palabras que ha sido, se arrodilla mentalmente.

Y así se encuentra, en éxtasis, cuando Lady Roxana lanza un alarido —lo más parecido a un grito guerrero— y el grupo, que se ha reunido en la explanada que conduce al ingreso a los templos, le presta atención, esperando una de sus desmadradas arengas de bienvenida.

Sonríe la falsa aristócrata y, con un vozarrón que parece salir de las profundidades de su túnica, anuncia:

—¡Disfrutad de estas ruinas, porque no vais a ver otras! En cuanto entremos en ese barco se acabaron las excursiones. ¡Navegaremos por el jodido Nilo hasta que tenga agarrado por el cuello al asesino de mi hermano!

Satisfecha, se pone en jarras. Su peluca bermellona arroja destellos. A su lado, de nuevo en la silla de ruedas, con el útil Haggar detrás y velada, muy de cerca, por la sombra de gárgola ansiosa del doctor Creus, Lady Marga Middlestone de Laclau les dirige una plácida mirada.

VIII

—No la entiendo —confiesa Diana Dial, cejijunta—. Ponernos difícil la investigación, ¿era eso lo que quería? ¡Una proclama! ¿Por qué no mediante una avioneta, sobrevolándonos con una pancarta, en la que hubiera escrito: «Uno de vosotros asesinó a mi hermano»? Aunque habría sido más adecuado un Montgolfier, dado lo vetusto de este asunto.

—Yo no lo veo tan descabellado —apunta Fattush, sin perder la calma ante el ataque de ira de su compañera de aventuras—. Ha puesto sobre aviso a quienquiera que cometiera el asesinato. Y a sus cómplices, si es que los hubo. Pero ¿qué preferías? ¿Continuar disimulando a lo largo del crucero, y hacer vida social como si tal cosa? ¿Llevar nuestras investigaciones a escondidas? ¿Cuánto tiempo habríamos podido mantener el engaño? Además, dado el temperamento de tu amiga, tarde o temprano tenía que estallar. Más vale que haya sido al principio. Y al aire libre.

—Quizá tengas razón —suspira Dial.

Da un brioso giro al taburete que ocupa en la barra del bar del salón del *Karnak,* y echa una mirada alrededor. La estancia parece un estuche de madera pulida, en cuyo interior sillones, veladores, lámparas de aplique y pequeños escritorios, así como fotografías históricas y retratos de próceres en las paredes, se aferran al pasado como si su conmemoración fuera su única razón de existir.

El salón está vacío, y el barman que les ha servido los cócteles se encuentra en la estancia contigua, el comedor, preparando las mesas con sus compañeros. El almuerzo se servirá dentro de media hora.

Las palabras que Roxana ha emitido antes de la visita a los templos de Filé han despertado en los presentes un efecto unificador. A partir de su pronunciamiento, todos y cada uno de los miembros del grupo han empezado a interesarse obsesivamente por lo que veían. Su dedicación al examen de los tesoros de Filé, como si estuvieran a punto de desaparecer del mapa por segunda vez —pero ahora no a causa del desplazamiento de las aguas, sino por un choque tectónico debido a la furia de la falsa lady—, les ha convertido en minuciosos notarios. Cámaras o teléfonos en mano, se han dedicado a fotografiar cada detalle, sumidos en un mutismo en el que las interesantes descripciones de Ismail rebotaban y se perdían entre estatuas y columnas, entre quioscos y estelas. Ni siquiera Hadi Sueni ha hablado, pese a que, en no pocas ocasiones, su rostro, bronceado por las excavaciones —y por sus frecuentes escapadas a los *spa* del mar Rojo—, ha expresado el disgusto que le causaban los comentarios del guía, sin duda menos eruditos que los que él, como sumo ilustrado en la materia, podría proporcionar a sus compañeros de viaje. Pero no ha abierto la boca. Y su novia tampoco, lo cual, reconoce Diana, era algo que tenía que agradecerle al arrebato de su amiga Roxana.

—Mickey y Minnie Jones han estado sensacionales, mudos como estatuas —comenta Fattush, que con frecuencia adivina sus pensamientos, mientras paladea con delectación su manhattan.

Al refugiarse en el elegante bar del barco, mientras los otros se dirigían a sus camarotes y suites, ansiosos por dejar atrás el recuerdo de la excursión, Diana y el libanés se han concentrado en examinar la carta de bebidas. Al grito de «¡No tienen negroni!», Dial se ha apresurado a adiestrar al barman, dándole un cursillo rápido e intensivo para la preparación de su cóctel predilecto. Gracias a semejante distracción, y en gran medida a que la mezcla ha quedado muy agradable, la detective ha tardado en expresar su disgusto hacia Roxana, pero ahora no suelta a su presa:

—De modo que, según ella, podemos quedarnos aquí hasta que a Tutankamon se le caigan las bragas... Encerrados en un armatoste, y sin poder desembarcar. Espero que demos pronto con el asesino. Ni a la Christie se le ocurrió una intriga egipcia tan maquiavélica.

El inspector se echa a reír.

—Sin contar con que te ha correspondido el camarote Hercule Poirot —dice.

—¡Y a ti el Gustave Flaubert! —rebufa ella—. Cuando soy yo la que escribe... Bueno, la que ha escrito.

La distribución de dormitorios —por Dios, qué otra cosa son, tan enormes, con baño de grifería dorada y decorados como para una película de época—, realizada por Roxana con la aquiescencia de Marga, ha adjudicado a las cuñadas las suites Agatha Christie (Roxana) y Lady Duff-Gordon (Marga). Esto último muestra un macabro sentido del humor: Duff-Gordon, famosa diseñadora de finales del siglo XIX y principios del XX, fue, igual que Marga, una superviviente. No de un accidente doméstico, sino del hundimiento del *Titanic*.

—¿Sabes lo que más me ha gustado, hasta ahora, de esta joya de barco? —pregunta Fattush

—Yo qué sé... ¿Los ceniceros de pie? ¿Has descubierto en tu armario las pantuflas del rey Faruk? —gruñe Diana.

—La ceremonia de la toallita caliente en cubierta cuando hemos llegado.

—Un simple gesto de cortesía. —La otra se encoge de hombros, algo sorprendida por la falta de experiencia mundana de Fattush—. Y también de necesaria higiene, con el polvo que hemos tragado entre las ruinas. El doctor Creus debería haberse pasado una por los sobacos.

—Dadas las circunstancias —prosigue el policía—, era algo más que eso. Una especie de purificación. Allí estaba el negrazo sonriendo, como un enviado del purgatorio, con su galabeya granate y su *tarbush*, entregándonos la toalla caliente; y allí se hallaban ellos, en fila, frotándose las manos como Lady Macbeth al lavarse después del magnicidio. Me he fijado en una cosa: unos se las frotaban más que otros. Y me pregunto hasta qué punto se debía a la limpieza.

Diana trasiega de un golpe lo que queda de negroni en su vaso.

—¡Tú y tus metáforas! Si ya has dado con el asesino gracias al ritual de bienvenida, apaga y vámonos.

—Mientras estabas demasiado ocupada comprobando que Joy y su hija gozaran de un buen camarote, y de que a la niña se le asigne una cuna, yo me fijé en nuestros compañeros de aventura. Y saqué algunas inquietantes conclusiones. ¿Qué pensarías si te dijera que tu admirada viuda se frotó las manos una y otra vez? Tuvieron que proporcionarle una segunda toalla.

—Siempre fue muy limpia —afirma Dial con remilgada maldad—, pese a que el rumor popular suele adjudicar hábitos poco higiénicos a la aristocracia inglesa, a la que pertenece.

—Limpia, vale. Y también desencajada. Temblaba. Hasta que el doctor Creus se acercó a ella y, con voz firme, le dirigió unas palabras misteriosas, algo que no entendí, en una lengua que no conozco.

—Sería en catalán. Marga lo habla como un nativo. ¿Puedes repetírmelo fonéticamente?

—Algo así como *«Yanni Abrou»* —pronuncia el policía, con lentitud.

Diana reflexiona por un momento, mientras se rasca una ceja. Luego estalla en una carcajada.

—¡Menudo misterio! *«Ja n'hi ha prou.»* Querido amigo, estás dispuesto a todo con tal de que tu teoría sobre las viudas malas encaje en este caso. El pobre Creus sólo le ha dicho: «Basta ya.» Lo cual me parece normal dado el delicado estado nervioso de nuestra lady auténtica. ¿Imaginas lo que habrá sido para ella ingresar de nuevo en el barco en donde su marido murió de mala manera, y sabiendo que va a tener que convivir con quien le asesinó? Anda, pasemos al comedor y escojamos una buena mesa, aprovechando que aún no hay nadie esperando la manduca.

Sus reflejos de investigadores les conducen hasta una mesita del fondo desde la cual podrán observar al resto de los invitados sin quedar en evidencia. Poco a poco, los pasajeros atraviesan el umbral —cuya puerta de ornamentado cristal mantiene abierta uno de los mozos— que separa el salón del comedor. En esta zona, más amplia, les da la bienvenida el director del crucero, un egipcio grueso y bajito, de poblados bigotes, vestido a la occidental —a Diana le hace pensar en un gato castrado—, que pone en serio peligro sus lumbares a fuerza de inclinarse sumisamente ante los pasajeros. La detective y el inspector se limitan a cruzar miradas divertidas cada vez que el hombre —Seboso, en adelante, para ambos— le hace los honores a un recién llegado. Si la entrada de Marga, conducida por Haggar, le obliga a prorrumpir en gozosos aleteos —y ahora a Diana le recuerda a un pingüino—, la de Roxana, que se produce de inmediato, le disloca. Moviendo las caderas a ritmo tropical, Seboso conduce a las damas hacia la mejor mesa, que está preparada para seis cubiertos, en el centro del comedor. Mientras se deshace en amabilidades, el hombre observa, con el rabillo del ojo, que Fuad el-Rashid acaba de llegar, y que, tras él, asoma nada menos que Hadi Sueni. Diana y Fattush asisten, con regocijo malsano, al sentimiento de pánico que Seboso experimenta y que hace que aflore a su rostro una expresión como de restringido intestinal en funciones de evacuación forzada. Oh, deidades del sagrado panteón egipcio,

¿cómo hacer para ser muchos y estar en todas partes, como vosotras?

Lo peor, para el director del crucero, está por ocurrir. Roxana, que no parece hallarse de buen humor, se percata de su dilema y, con una gracia sádica que impulsaría a Diana a comérsela a besos, se dedica a retenerle a fuerza de preguntarle, con detalle, por la salud de cada uno de los miembros de su familia. Cuando Seboso —y ahora sudoroso— termina sus explicaciones, el eximio cantante y el director de Antigüedades, que honran con su presencia la expedición, ya se han acomodado en sendas mesas con sus respectivas compañías, sin otra recepción que la proporcionada por el simple *maître.* Dial y Fattush leen el rápido cálculo que atraviesa el rostro del director, mientras responde, cortés, las preguntas de Roxana. Se dice el hombre, sin duda, que aún le da tiempo a correr a las mesas de sus honorables compatriotas para dedicarles cumplido aunque tardío vasallaje. Pero Roxana, atusándose la peluca verde billar, a juego con la túnica, con que se ha coronado para el almuerzo, frustra el intento de fuga del otro, sometiéndole ahora a un implacable interrogatorio sobre el chef, su procedencia, y la de las materias primas con que la despensa ha sido abastecida antes de zarpar. Ya de paso, le pregunta también cuándo tendrá lugar la partida del *Karnak* Nilo abajo, hacia su destino final, Luxor y —esto lo piensa Diana— la justicia.

Después, y a modo de colofón, Roxana susurra algo al oído de Seboso. Fattush y Diana fruncen el ceño. Esta parte se la han perdido. Aunque por poco tiempo. El hombre se dirige a ellos:

—Lady Roxana desea que tengan la amabilidad de compartir su mesa.

No les queda otra y, qué diantres, su amiga vuelve a caerle bien a la detective.

El director tiene ahora su oportunidad de bailarles el agua a Fuad el-Rashid y Hadi Sueni, ya que ha de comunicarles idéntica invitación. Para deleite de Diana, el director detiene con un gesto a Lulú Cartier, que tenía la intención de seguir a su amante. «Sólo el caballero», parece decir. A los acompañantes de El-Rashid ni siquiera los mira, y ellos no reaccionan, tan bovinos como de costumbre.

Reunidos los cuatro huéspedes en torno a su mesa, Roxana palmotea y, deferente, le indica al cantante que se siente a la izquierda de su cuñada. Lánguida, Marga le deja besar su mano, y le dedica una sonrisa de gratitud.

—Tu música es mi único consuelo —susurra.

Los ojos de betún del otro se llenan de lágrimas fáciles.

—Y tú aquí, a mi vera. —Roxana le señala a Fattush el asiento de su derecha—. Tienes que contarme las cosas tan interesantes que haces en ese país tuyo tan violento. ¿Sabíais que mi amiga Diana y este apuesto inspector trabajan juntos investigando crímenes? Pero no sois pareja, ¿me equivoco?

Dirige a Dial una mirada picarona:

—No me habrías ocultado una bomba así. —Dándose la vuelta hacia Fattush, añade—: Todo, quiero saberlo todo. ¿Te han herido alguna vez? ¿Tienes cicatrices?

Divertida, Diana también se gira, en su caso hacia Sueni, sentado a su lado:

—¿No le resulta incómodo llevar ese sombrero a todas partes? —El accesorio cuelga en uno de los percheros modernistas del comedor.

Desconcertado, el otro se limita a sonreír y a tocarse la cabeza, como si echara en falta el mencionado remate. Desde su mesa, Lulú Cartier les dirige miradas turbulentas. Junto a ella se ha sentado Pitu Morrow, que, sin hacerle caso, pasea sus ojos porcinos por el comedor, como si hiciera cálculos, mientras devora un pan egipcio recién horneado.

En la mesa de presidencia, el almuerzo transcurre a ratos con tranquilidad o a ratos atropelladamente, según cuál de las cuñadas lleve la conversación. Sin embargo, es la educada Marga quien provoca que el director de Antigüedades se atragante al responder a una petición suya, planteada con lo que Sueni considera diplomacia:

—Estimadas amigas —empieza el prócer—, os agradezco sobremanera vuestra deferencia al invitarme, junto con mi colaboradora, la señorita Cartier, así como la delicadeza de que hayáis puesto a nuestra disposición maravillosas suites, la Aida y la Reina Victoria; ah, cuántas remembranzas de mi amado Egipto... Me he percatado de que la extraordinaria y enorme suite Um Kulzum, bendita sea su memoria, situada en esta misma cubierta intermedia, en la proa y con una vista soberbia, ¡permanece vacía! La señorita Cartier, bueno, no es un secreto para vosotras, distinguidas damas, que nos une algo más que nuestro amor por Cleopatra. En fin, a mi amiguita le encantaría que ocupáramos dicha suite, si no os molesta.

Las cuñadas han resistido, imperturbables, la exposición. Roxana, algo enrojecida de mejillas, tanto por el vino como por la osadía de Hadi Sueni, está a punto de hablar, pero Marga le oprime el brazo con una mano marfileña y determinada.

—Déjame a mí, querida. —Sus ojos azules destacan más que las tulipas que iluminan el comedor, son más transparentes que los cristales de las ventanas, con glaseados de flores de loto y tallos de papiro—. ¿Tengo que recordarte a ti, su compañero de excavaciones, a quien consideraba un hermano, que la suite Um Kulzum era la favorita de mi difunto esposo y la que ocupamos en su último, funesto crucero? La queríamos mantener vacía en su honor. A Roxana y a mí se nos pasó por la cabeza colocar sus amados restos ahí, para que, a su manera, disfrutara también del viaje...

La intervención de la otra, ahora sí, se produce cruda y triunfal:

—Eso fue hasta que decidimos enviar la momia de mi hermano, con sus correspondientes vasos canopos, al Hospital Clínic de Barcelona. ¡Para que le hagan la autopsia!

Esto último lo dice en voz tan alta que hasta Pitu Morrow deja de masticar.

—Mi cuñada es muy amiga de un antiguo *president* de la Generalitat —explica Marga, con dulzura—. No hay nada que él no haría por ella.

—Un alto cargo de Sanitat ha prometido realizar una autopsia exprés y enviarme los resultados por correo electrónico. Quizá los recibamos aquí, en este vapor del siglo XIX. —Roxana se dirige a Fattush, mientras se retuerce un rizo verde—. ¿No es encantador lo útiles que resultan las tecnologías cuando se ponen al servicio de la verdad, incluso en un viaje al pasado como este que nos ocupa?

Y le agarra la mano por encima de la mesa, agitando las pestañas. Diana se pregunta qué estará haciendo con las piernas, y prefiere no responderse.

El resto del almuerzo transcurre en silencio. Cuando las anfitrionas hacen amago de levantarse, la mayoría de los invitados se despiden mascullando excusas y abandonan las estancias comunes al trote ligero. Deferentes, Diana y Fattush, así como Fuad el-Rashid y Hadi Sueni, aguardan a que Haggar se coloque detrás de Lady Margaret e inicie la marcha de las anfitrionas.

—¿Café en el salón? —propone la dama.

Fattush y Diana aducen cansancio y se disculpan: necesitan retirarse a sus cabinas.

—Espero que hagáis la siesta por separado —coquetea Roxana, siempre con la vista puesta en el libanés.

—Amigo mío —Marga toma la mano de El-Rashid, mientras Haggar dirige la silla hacia uno de los veladores del salón—, acabo de decidir que nadie más digno que tú para ocupar la suite de Um Kulzum. Mi Oriol habría aplaudido la idea. Fue un error por nuestra parte adjudicaros el Heródoto a ti y a tu mujercita. Demasiado pequeño. Haggar, ayuda a las chicas a que preparen el aposento al gusto de mi admirado amigo. Y que el camarote contiguo, el Naguib Mahfuz, pase a su hijo Raheb. Instalaremos a las doncellas en vuestros antiguos destinos. Siempre resulta útil para una mujer en mis condiciones tener a mano al servicio.

La dama mira ahora a Sueni y le dirige una gentil sonrisa:

—Estoy segura de que lo entenderás. ¡Fuad me trae tantos recuerdos de mi amado Oriol!

—¿Y yo no? —pregunta el otro, sofocado.

—Sólo me remites a su momia —le corta Marga—. Si tanto necesitas cambiar de lugar, han quedado algunos camarotes libres, aquí al lado, que nuestra servidumbre usa para guardar nuestro equipaje. ¡Necesitamos tantas cosas mientras nos falta lo único importante! El amor, ¿no es cierto, estimado Fuad?

Sueni queda petrificado y Diana aprovecha el momento de parálisis ambiental para propinarle a Fattush uno de sus delicados codazos: «En mi camarote, en cuanto te laves los dientes.»

El inspector se aleja, deprisa, hacia la escalera que conduce a la cubierta intermedia de babor, en donde se encuentra su camarote. El *Karnak* se halla todavía amarrado a la Corniche, apartado del centro de Asuán, y las cortinillas de lona han sido corridas para proteger el interior del sol de la tarde. Diana siente un súbito deseo de ver el Nilo. Cruza el pasillo que separa la zona de camarotes del sector salón-bar-restaurante y, acodada a la barandilla de estribor, se queda un rato admirando los reflejos dorados que ondulan el agua. Delante, la isla Elefantina, en donde se encuentra el Nilómetro, ofrece belleza y chabacanería a partes iguales, la última a cargo de la torre de un hotel Oberoi tan alto y prepotente que, de inmediato, Dial sí lo considera digno de Lulú Cartier y de sus ínfulas.

Aun con el *Karnak* inmóvil, la brisa del Nilo la

envuelve y apacigua. Es una sensación engañosa; Dial sabe que el barco entero está a punto de hervir, con ellos dentro, en las mismas aguas tranquilas que presenciaron el asesinato de Oriol Laclau.

A medianoche, cuando el navío suelte amarras, ya no habrá vuelta atrás.

IX

Quince minutos después, Fattush, listo para encontrarse con Diana en el camarote de ésta, casi se da de bruces con ella al salir del suyo. La periodista, pegada la oreja izquierda a la puerta del compartimento contiguo al del inspector, le dirige ostensibles ademanes para que guarde silencio, al tiempo que le indica que adopte la misma posición de escucha. El hombre obedece sin rechistar.

«Nuestro principal obstáculo ha desaparecido.» Es la voz de Ismail, que les llega, nítida, desde el interior del camarote Rey Farouk.

«¡No lo entiendes! ¡Ella no lo permitirá!» Ahora es Laia Mollà quien habla, en tono acalorado.

«¿Con qué derecho? ¡Ni siquiera es tu madre!» En la réplica del muchacho hay indignación y sufrimiento.

«Tendremos que hacer algo. Se trata de nuestra

felicidad. No podemos continuar así. Y esta vez no va a resultar tan fácil.» Tajante. ¿Despiadada?

Lo que sigue son algunos sonidos inconfundibles: chasquidos y jadeos propios de los preliminares de un acontecimiento íntimo. Los investigadores se apartan de la puerta. Diana, llevándose un dedo a los labios, se encamina hacia su camarote, seguida por Fattush.

—Creí que ibas a esperarme aquí, tal como dijiste —comenta el hombre.

—Tuve un pálpito y me dirigí al Gérard de Nerval, que ocupa Ismail, para interrogarle. Fue entonces cuando escuché una discusión en el compartimento de al lado, el de Laia, y comprendí que mi intuición no me había engañado.

Diana abre la puerta, no sin frotar antes, con el puño de su chaqueta, la placa de latón dorado que, con el nombre de Hercule Poirot, refulge en la madera. Esboza una risita de vanidad satisfecha, pero en seguida se repone. Se aparta, y deja paso al inspector.

En cuanto atisba el interior, Fattush exclama, con admirativo asombro:

—¡Qué desorden tan fantástico! ¿Te he dicho que las mujeres ordenadas me producen terror?

Diana no quiere preguntarle si se refiere a su madre, a su esposa, a sus hijas o a todas ellas.

—Bueno —replica, orgullosa—, he intentado deshacer el trabajo que Joy ha llevado a cabo esta mañana, en mi ausencia. Ella se siente útil clasificando mis cosas, más que guardándolas, y yo necesito de su metódica organización para aplicarme, después, a la destrucción de su obra, y así hallar lo que busco, al tiempo que comprendo el funcionamiento doméstico de un cerebro extremadamente oriental. ¿Me sigues?

Exhausta por el discurso, y por el rato que ha pasado en pie escuchando la conversación ajena, Dial se deja caer en una de las amplias camas gemelas que ocupan parte del camarote y le señala al otro un pequeño sillón *déco* que forma conjunto con una escribanía pequeña, cuya exigua y recargada superficie está ocupada por un armatoste telefónico engastado en dorados, y por una lámpara de seis tulipas de cristal de Murano.

—¿No te agobia tanto *déco*, tanto cualquier otro tiempo fue mejor? Menos mal que el baño es moderno. Acerca el sillón y siéntate a mi lado, por favor. Te ofrecería que reposaras en la otra cama pero, como puedes apreciar, cumple funciones de archivador.

En efecto, libros, guías, media docena de rotuladores, montones de papeles y unas cuantas libretas, así como alguna que otra prenda íntima y la bolsa de lona negra que la mujer acaba de lanzar sin cuidado, volcando su contenido, ocupan casi la totalidad de la colcha. De un vistazo, Fattush comprende que

Diana ha empezado a trazar croquis del barco, de la disposición de los camarotes, los espacios comunes tanto interiores como en las tres cubiertas, y la distribución de los huéspedes.

La contempla con admiración. Repantigada en el lecho, con las manos cruzadas sobre la tripa, su amiga mantiene una sonrisa enigmática, que lo mismo podría coincidir con un estado meditativo que con un atento seguimiento de la digestión de los manjares engullidos durante el almuerzo. El pelo corto y revuelto le confiere ese aire de travesura que revela —al menos para el policía, que presume de conocerla bien— que está tramando algo. O que ha descubierto algo.

—Tenemos que hacer deducciones —empieza Diana—. ¡Y en voz baja! Quizá no somos los únicos que escuchamos detrás de las puertas. Hoy, durante el almuerzo, e incluso después, he estado recibiendo estímulos.

Y se señala el estómago, tan sensible a los presentimientos.

—No me extraña —responde Fattush, jocoso—. Volaban los cuchillos.

—Y todos en la misma dirección: Hadi Sueni. ¿No te parece raro que, después de la apología que Roxana me hizo de él, de su amistad con Oriol, y de lo bien que se portó a su muerte, allanando el camino para la momificación, hoy su viuda se haya dedicado a martirizarle?

—Y con el consentimiento de Roxana.

—Exacto. —Diana se desenrosca y ocupa el borde de la cama, muy cerca del inspector, bajando aún más la voz—. ¿Qué ha ocurrido entre los días pasados en Luxor, cuando ambas se deshacían en elogios del director de Antigüedades, y su ríspida actitud durante la comida?

—¿Quizá noticias del especialista que rastrea el robo del astrolabio?

—¡Has dado en la diana, Fattush mío! —exclama todo lo inaudiblemente que puede la mujer, sin darse cuenta de que su afirmación redunda con su propio nombre—. Un empleado de la oficina en donde tienen el ordenador conectado a Internet me ha confiado que Roxana ha recibido hoy un mensaje. Le he preguntado si lo firmaba un tal Jonathan y me ha dicho que, efectivamente, uno de los nombres del remitente empezaba por J.

—En ese caso, ¿por qué no te lo ha contado? Eres la encargada de desenredar este asunto...

—Ah, *habibi.* Tal vez no tenga pruebas firmes aún... No, eso no detendría a Roxana, que no distingue entre un rumor y una noticia, aunque hoy en día ni en los periódicos se enteran de la diferencia... ¿Por dónde iba?

—Roxana —le devuelve el hilo el inspector—. Su idiosincrasia.

—Eso mismo. ¿No lo entiendes? Se le murió el

marido de un ataque al corazón mientras echaba un discurso ante un millar de militantes de su partido. La cuñada, en silla de ruedas. Y se le quedó tieso, y nunca mejor dicho, el hermano, a raíz de un crucero por el Nilo. ¡Los Kennedy de Cataluña, me dijo!

—¿Crees que está echándole teatro al asunto, para no perder la costumbre? —pregunta Fattush.

—Por completo. Necesita escenificar, es compulsivo en ella. Supongo que, si ha decidido que Sueni es el ladrón del astrolabio y también responsable de la muerte de Oriol, se dispone a clavarle un centenar de banderillas antes de permitirme entrar en el ruedo

Cálidamente, el libanés se echa a reír.

—Esa mujer no te conoce.

Diana se esponja:

—Por supuesto que no. Ya te he dicho que mantenemos una amistad superficial. Nada que ver con la nuestra.

Ahora es Fattush quien agradece, aunque con austeridad, el piropo.

—¿De qué otros estímulos hablabas?

—Ismail.

—¿Crees que la conversación que hemos, que has sorprendido —rectifica el inspector—, le convierte en el asesino, o al menos en su cómplice?

—Lo ignoro. Lo que pensé cuando sentí uno de mis calambres en el estómago, mientras miraba el

Nilo y la isla Elefantina con su Nilómetro y su templo de Khnum, y su museo de Asuán, y esa cagarruta del Oberoi, fue lo que sigue. ¿Para qué necesitamos un guía si, ya antes de salir de su villa de Luxor, Roxana había decidido que sólo visitaríamos Filé, y teníamos al pedante de Sueni con nosotros? ¿Qué va a hacer el muchacho, señalar la orilla y contarnos las diferencias que existen entre la cabaña de vacuno egipcia y la suiza?

—No resulta plausible. —Fattush se remueve, algo incómodo, en la butaca, que no sólo es pequeña sino rígida.

—Salvo que Roxana tenga serios motivos para sospechar que entre Laia e Ismail se cargaron a Oriol. Está bastante claro que lo suyo va en serio. Pero alguien se oponía. Alguien que ya no está. ¿Por qué?

—Y alguien sigue oponiéndose —añade el inspector—. Alguien que todavía está. Y que «ni siquiera es la madre de Laia», según afirmó el joven. ¡La hermana! ¿Acaso pretenden casarse y a Claudia no le complace la idea? ¡Un matrimonio mixto! ¿Te parecería mal?

—A mí el matrimonio me parece siempre mal, cualquiera que sea el adjetivo que se le ponga. Pero ¡un marido egipcio! ¿Qué les ha dado a las mujeres con los egipcios? Primero Joy, ahora esta hermosa criatura de pura cepa catalana... *Collons!* Con lo sosos que somos los europeos, tiene su lógica que algunos intenten mezclarse con sangres más estimulantes.

Cabecea, irónica, y prosigue.

—Debo confesarte, amigo mío, que, como mujer, yo también me opondría a que Laia se condenara a una vida de mujer tradicional, en El Cairo o en donde fuera. Quizá Claudia tiene razón.

—¿Y si es al revés?

—¿Qué quieres decir? —inquiere la detective.

—¿Y si, además de amarla, porque la chica es guapa, existe por parte de Ismail la intención de hacerse europeo por vía matrimonial? ¿No me contaste que estaba escribiendo una tesis? Igual pretende terminarla en Barcelona y quedarse allí. Escapar de su vida en este país. Y poner en pie unos sueños de modernidad que aquí no puede, por falta de democracia.

—Si tal fuera su intención, me parecería de lo más loable. Con esa mierda de tirano y esos vejestorios dominando la política y los negocios, y hundiendo a Egipto en la corrupción y la desesperanza... Pero eso ¿es suficiente motivo para matar? ¿A un prócer catalán? ¿Qué pintaba él? Roxana me dijo que Oriol sentía gran afecto por las hermanas Mollà. ¿Quizá se había arrogado el papel de tutor de la chica?

Ahoga un grito, llevándose la mano a la boca, y añade:

—¡Esto me recuerda que hay algo muy importante que hemos pasado por alto!

—¿El qué? —inquiere Fattush.

—El testamento de Laclau. ¿Cómo he podido ser tan necia? ¡Es lo primero en lo que tiene que pensar un detective! Obnubilados como estamos por su extravagante deseo de ser enterrado como los faraones, se nos ha olvidado preguntar qué va a ocurrir con su fortuna. Lo normal, supongo, es que vaya a parar a su viuda, y que haya una parte para la hermana, y puede que existan legados menores, aunque ignoro lo que considera menor esta gente...

—Y quizá Claudia Mollà, además de modelo de sus campañas publicitarias, fue también amante suya —dice el inspector.

—Claudia, ¿y por qué no también Laia? Era un depredador, por mucho que quisiera a Marga. Hemos de ponernos a trabajar de inmediato —se excita Diana—. ¡Cuántas incógnitas!

Un enérgico golpeteo en la puerta les interrumpe.

Fattush la abre y se encuentra con Roxana en el umbral. Les mira de hito en hito, tras lo cual:

—¡El té! —escupe—. ¡Os vais a perder el té! Como hemos comido tarde, se nos superpone, y no me ha dado ni tiempo a cambiarme, pero no me pienso perder mi té inglés ni un solo día, caiga quien caiga.

Repasa la habitación, sacude la cabeza y resopla:

—¡La siesta! ¡Ya decía yo! ¡Hum!

Acobardados, ambos siguen a su anfitriona sin pronunciar palabra, enfilando hacia la cubierta superior, en donde, bajo los toldos, ya se han instalado los otros huéspedes.

X

Con evidente desdén, Roxana exilia a su amiga a otra mesa, mientras secuestra a Fattush.

—Vete por ahí, bonita, a hacer tu trabajo, mientras yo me trajino a este bien de Dios —ordena.

—De eso tenemos que hablar tú y yo, de mi trabajo. La investigación... —Dial intenta llamar la atención de la falsa lady, pero ésta ya le ha dado la espalda.

Diana se sienta tan lejos de la pareja como puede, a estribor, y fija sus ojos en la isla Elefantina. Por todos los demonios, qué ganas tiene de que el *Karnak* zarpe para perder de vista la mole del hotel Oberoi. Suspira. La partida se producirá esta noche. Quizá por entonces ya habrá logrado que Roxana le cuente lo que sabe. Cierra los ojos e intenta serenarse. Lamenta haber olvidado en el camarote el libro de los cuadernos de Agatha Christie que la acompaña en el crucero. Lo descubrió hace unos días, recién publicado, en inglés, en la librería Diwan de El Cairo, y lo consideró una señal. Bien, se dedicará a la observación mientras ejecuta la ceremonia de no tomar el té —sólo pensar en ingerir algo le produce náuseas— a solas.

Sonríe a los camareros, con sus galabeyas granates, ceñidas por anchos cinturones, y el airoso *tarbush* coronando cada rostro moreno y afable. El que se le acerca, y recibe su rechazo al servicio de té —en cuya bandeja la detective descubre, alarmada, platos con diminutos sándwiches de pepino preparados a la inglesa, así como otros repletos de grasientos dulces egipcios—, coquetea descaradamente con ella. Una mujer madura y sola, rezonga Dial para sus adentros; éstos se creen que todo el monte es orégano. La cubierta es amplia y está dedicada al solaz de los pasajeros, salvo por la cabina en donde se encuentra el timón. Diana se promete realizar una visita al capitán cuando el vapor avance Nilo abajo. El puente debe de ofrecer vistas extraordinarias.

—¿Se ha llevado las pastas?

Pitu Morrow ni siquiera solicita su permiso para desplomarse en el asiento, haciendo crujir sus mimbres, mientras alza la mano para llamar al camarero. Regresa éste, obsequioso, y despliega el té y sus complementos sobre la mesa, sin disimular una sonrisa conspirativa, como si le dijera que ahora la entiende: esperabas a un hombre. Diana hace caso omiso de sus propias ganas de propinarle un guantazo al insolente y fija su mirada en el intruso.

De cerca, el cronista y productor rockero de los ochenta sigue ofreciendo un aspecto amenazador, si se lo considera en bloque: la melena larga, desordenada y no muy limpia, pegada a su cuello de res y extendiéndose sobre los anchos hombros, siempre alzados, compactos, como si llevara hombreras de jugador de rugby debajo de la camiseta, o como si estuviera a la defensiva. Sus ojos de color castaño claro, redondos como pequeños botones, pierden malicia en la distancia corta. No sin sorpresa, Diana advierte desamparo en ellos, pero el mensaje que el hombre emite no despierta su simpatía, sino algo menos relevante, una mezcla de la compasión e impaciencia que a la detective le inspiran los adultos sin cuajar, difuminados. Reprime su deseo de hallarse en otra parte y le sonríe con afectada cordialidad, en espera de que el otro suelte algo que le resulte útil para la investigación. Pitu Morrow expande la indefensión de su mirada al resto de su mole, que se afloja y ya no resulta sombría, sino frágil. La fragilidad del que se sabe diferente, o ha sido tratado como tal. ¿Cuál es su secreta letra escarlata? Diana se promete averiguarlo. Y esta intrusión en la hora de su no té de la tarde le viene de perlas.

Desde la mesa, cercana al puente, en donde el policía libanés padece el asedio de Roxana, llegan las escandalosas carcajadas de ésta. De una ojeada, la periodista examina al resto de los pasajeros. En otra mesa, Marga continúa dedicada a Fuad el-Rashid, pero en esta ocasión también la acompañan el doctor Creus, Farida, la joven esposa del cantor, y Raheb, su hijo, que aparenta casi la misma edad que su madrastra. La inexpresividad de la pareja es absoluta, tanto hacia los demás como en su trato mutuo. En cuanto al médico, no parece hallarse a gusto, y apenas disimula su actitud vigilante, encorvado hacia la viuda como de costumbre. ¿Teme que vuelva a perder los nervios, como le ha ocurrido esta mañana, según el relato de Fattush?

Lulú Cartier y Hadi Sueni toman el té a solas, todavía vestidos de Minnie y Mickey Jones, pero no conversan. Él se extasía ante el Nilo, con el pecho henchido de sentido de la propiedad —entre sus numerosos libros de autobombo se encuentra uno, titulado *Mi Nilo y yo*—, y ella le observa como si meditara venganzas nocturnas a lo Lady Godiva. No están de buen humor, salta a la vista.

Claudia Mollà ha llegado sola, y no ha dejado de observar el acceso a la escalera, hasta que ha aparecido una Laia cuyo olor a sexo recién consumado alcanza incluso la pituitaria de Dial, bastante alejada. Ismail no comparece.

Ajenos al té y sus rituales, tumbados en sendas hamacas, en la zona de solario de cubierta, Dolors Moltó y Alfons Permanyer parecen enfrascados en una intensa conversación, las cabezas casi juntas. A ese par pronto tendré que meterles mano, se promete Diana.

Sin dejar de sonreír, se vuelve hacia Pitu:

—¿Qué decías? —Tiene que hacer un esfuerzo para ahogar el rechazo que le produce el desaliño del otro.

—Oh, no me importa repetirlo cuantas veces sea necesario —replica Morrow, arrebolado—. Leía todos tus reportajes. Durante un tiempo, antes de dejarlo, fuiste una especie de ídolo pop del periodismo español.

Dial se echa a reír.

—Eso no me lo habían dicho nunca. —Se ahueca, pese a todo, halagada.

—Pues sí. Es más, yo de eso entiendo, he escrito biografías de... —deja caer unos cuantos nombres de cantantes notorios— y de... —aquí, futbolistas y jugadores de balonmano—, aunque, claro, puede que tú no me hayas leído...

—Vivo fuera de España la mayor parte del tiempo, sólo te conozco por tu blog —se justifica Diana con forzada paciencia. Y añade, aviesa—: Deberías cambiar la foto.

—¿Tú crees?

—Esconderse no es la mejor manera de vivir. —Intenta no ser cruel, endulza el tono, pero sus palabras suenan con rudeza—. Ni en las fotos y las hazañas del ayer, ni en una capa de grasa corporal innecesaria.

—No tengo dinero. Estoy en la ruina. Como carbohidratos porque son más económicos y llenan más. —Frunce los labios, luego intenta sonreír y finalmente encoge los hombros—. No sé por qué te cuento esto. Tuve mala suerte, cayeron las discográficas, me arruiné, no había ahorrado nada, yo y los que me rodeaban nos habíamos dado la gran vida... Cuando vinieron mal dadas, me quedé solo.

—¿Y ahí apareció Oriol Laclau?

—En el momento justo. Fui a verle, le engatusé. Mejor dicho, creí que le engatusaba. ¡Qué imbécil! Él me engatusó a mí. Con su inmenso encanto, su fortuna, con la facilidad con que viajaba de un lugar a otro en avión privado. A veces me llevaba consigo. Yo tomaba notas de todo, escribía... Siempre he sido muy desordenado. Acumulaba material, pero me costaba darle forma; ahora mismo aún me cuesta. Hay días en que todo se convierte en una montaña. A mí, esos días se me repiten con frecuencia.

Se interrumpe para comerse un hojaldre bañado en miel y sorber su té. Traga y la mira. Más desamparado que nunca, añade:

—Yo no le maté. Aunque hubiera podido. ¿Ganas? No me faltaron. Oriol Laclau i Masdéu era un experto humillando al prójimo, y a mí se me hiere con mucha más facilidad de la que imaginas.

El punto débil. Dale tiempo. Asiente Diana, y pregunta:

—¿Te prestó mucho dinero?

—No lo bastante para justificar un asesinato. La forma en que me daba esa miseria resultaba tan ofensiva, tan grosera... Yo también tenía mis métodos aviesos, no te lo niego. Solía pegarle sablazos muy a menudo, él me acostumbró, al fin y al cabo; y lo hacía después de verle realizar un dispendio injustificado, fuera con chicas de alterne o con dependientas o peluqueras, a las que trataba como si fueran putas. Le pedía dinero tras sus banquetazos o sus escapadas de fin de semana.

—¿Le coaccionabas? ¿Llegaste a amenazarle con contárselo a su mujer?

—¿A Marga? —Pitu Morrow agita el torso con una carcajada—. Ésa se lo consentía todo, se lo perdonaba todo. Y él no le ahorraba detalles.

—¿Él también la quería? —pregunta Dial.

Morrow asiente, sin dudarlo:

—A muerte. Ésa es una de las cosas que le daban interés. A él y a su biografía. Era capaz de las mayores crueldades con otro ser humano, yo le vi cometer más de una, y se derretía de ternura con ella. Siempre me pregunté...

Calla y cierra los ojos, como preso de una ensoñación.

—¿Qué? —Superando su repugnancia, Diana le palmea el antebrazo.

Pitu Morrow la mira ahora con expresión arrobada:

—La gente no suele tocarme —explica—. No les gusto. Una vida con pocos abrazos, ya ves. Desde que soy pobre, desde luego. Si no fuera por mi hija...

—Así que eres padre.

—Un desliz de juventud. Ella era una rockera mediocre y una heroinómana excepcional. Conseguí mantenerla limpia hasta que nació Áurea. Luego se largó, siguió en lo suyo, y ahora está muerta. Algún día... Algún día escribiré cómo fueron aquellos años, todo lo que la droga se llevó por delante, cómo cayó Barcelona, desde la cúspide de sus expectativas, hasta convertirse en un espejismo para especuladores inmobiliarios.

—¿Como el finado Oriol?

—Como el finado Oriol. Hubo una generación que nos comimos el cuento entero: la música, los tripis, el sexo promiscuo, el futuro es nuestro, la democracia ya está ganada... Y hubo la otra cara, gente como Laclau, pero incluso más jóvenes, de mi edad, e incluso menos, pero yo les clasifico y englobo como generacionalmente letales para la humanidad... Medraban y se apoderaban hasta del aire, mientras nosotros dejábamos de respirar y, encima, contentos.

—Tienes que escribir ese libro. Tus experiencias.

—De momento, he de seguir con el de Laclau. Si es que alguien quiere publicarlo. No teníamos editorial. El amo me dijo que él se encargaría cuando lo terminara. ¿Tú crees que, asesinado el personaje, el libro tendrá más salida?

Rezuma ingenuidad.

—Me gustaría leer lo que tienes... —Diana lo dice muy en serio.

—No está muy presentable —se excusa el otro—. Un párrafo sobre esto, cuatro páginas sobre lo otro...

—No importa, he sido editora en algún momento de mi carrera periodística, se me da bien interpretar textos, por inconexos que parezcan.

—De acuerdo, mañana te pasaré algo. Tengo mi ordenador portátil aquí, y puedo hacer que lo impriman en la oficina de recepción. —Pitu Morrow se levanta, eufórico—. Debo volver a mi camarote. Me has estimulado, te lo agradezco tanto... Ídolo pop, sí señor, eso eras, lo creas o no. Qué entusiasmo. Me has hecho un hombre nuevo. Voy a empezar mi novela sobre la caída del *rock'n' roll* en Barcelona. Ahora mismo.

Sorprendida por tan súbita decisión, lo ve alejarse tarareando. Tarda unos instantes en comprender que el estribillo que el otro repetía entre dientes al marcharse no pertenece a una pieza de rock.

«Cortigiani, vil razza dannata.»

Ópera. *Rigoletto.*

Nadie es lo que aparenta. Pitu Morrow tampoco, reflexiona Diana, mientras se dirige a la zona de cubierta en donde Dolors Moltó y Alfons Permanyer siguen secreteando.

XI

—Así que usaste tus encantos de playboy libanés para sonsacar a nuestra aristócrata de pacotilla.

Diana Dial se despereza con voluptuosidad bajo la manta. Ella y el inspector Fattush han decidido asistir a la operación de zarpado del viejo *Karnak*, que en otros tiempos fue uno de los orgullos fluviales de la agencia Cook. Después de haber presenciado la retirada de la pasarela y otros rituales de desamarre, y de haber escuchado el aullido cansino de la sirena, al lanzar la rechoncha chimenea su primer chorro de vapor, han bajado como críos a la sala de máquinas, embelesándose con los cromados relucientes de artilugios cuyos nombres desconocen y cuyas funciones ignoran. Han visto cómo el Nilo se rendía a los paletazos de las ruedas laterales, lentas pero tozudas como norias.

Ahora, tumbados en hamacas en la cubierta superior, y protegidos del frío de la noche por mantas que, con gran previsión por parte de Fattush, han traído de sus camarotes, se dedican a poner en limpio lo que han investigado durante el agitado día. Frente a ellos, en la orilla oriental, surge una frondosa cenefa de palmeras cuya silueta apenas destaca, casi indistinguible de la maciza oscuridad del cielo. La superficie del río absorbe la escasa luz que envía desde lo alto una luna creciente y moruna. Espejean las estrellas, pero su fulgor sólo sirve para que destaque aún más el vacío azul cobalto de la bóveda celeste. Aquí abajo todo es penumbra. Pero no silencio. Dejada atrás Asuán, sus islotes y sus luces y charangas turísticas, el *S. S. Karnak* se adentra, hacia el norte, en los sonidos incomprensibles del continente. El mundo de orilla adentro no les pertenece. Respira por su cuenta, en otra dimensión.

—¿Y sin pagar un alto precio? —insiste Dial. Se refiere a las exigencias de Roxana.

—He postergado para otro día su invitación para que visite su camarote. Quiere que admire su colección de pelucas. Todas, me temo.

La detective se echa a reír. Estira los miembros una vez más, aprieta los párpados. Si no tuviéramos un crimen por resolver y una momia sometida a autopsia en Barcelona, qué viaje tan placentero sería éste.

—Hadi Sueni le está haciendo chantaje —suelta Fattush.

Sorprendida, Diana se medio incorpora y le mira con atención.

—¿Qué clase de chantaje?

—Un montón de dinero, la villa de Luxor... Dice que tiene pruebas de que casi todo el material arqueológico de su hermano fue obtenido por medios fraudulentos y sacado de Egipto de forma clandestina. Y que puede denunciar a la familia Laclau-Middlestone por expolio del patrimonio nacional egipcio.

—¡Cómo no va a tener pruebas, si él mismo debió de aceptar sobornos para que el otro se llevara las piezas!

—Eso mismo ha aducido tu amiga, con gran sensatez. Pero existe un pequeño problema. Hadi Sueni es íntimo de Mubarak y puede montar un escándalo, movilizar a los medios de comunicación del régimen, que son todos, y montar una campaña de populismo nacionalista basada en el expolio extranjero que viene cometiéndose con el tesoro arqueológico de este país desde que Champollion puso aquí la patita. Expolio que a nadie le importa, pero cuya denuncia resulta muy útil para desviar la atención de los problemas que aquejan a Egipto, y a los que Hadi Sueni y sus compadres no son ajenos.

Diana se medio incorpora. De repente no tiene frío, al menos de medio cuerpo para arriba. Dobla las rodillas e inclina la cabeza hasta casi tocarlas con la frente.

—Este barco está más lleno de hijos de puta de lo que pensaba. Puntualizo: los hijos de puta que viajan en este crucero son más retorcidos de lo que creía. Y otros a los que tenía como tales, debo reconocerlo, me han sorprendido favorablemente.

Le relata a su amigo, con brevedad pero sin dejarse ningún detalle esencial, su encuentro de esa tarde con Pitu Morrow.

—Vaya, una víctima de Laclau a la que no consideras capaz de vengarse... Porque tal es tu diagnóstico, ¿me equivoco?

Fattush suena afectuoso. Quizá porque una de las cosas que le gustan de su amiga es que, exabruptos aparte, no permite que su corazón se desvíe cuando recibe señales de ternura. Y, al parecer, Pitu Morrow le ha tocado la fibra.

—No conviene descartar a nadie, todavía —explica Diana—. Sin embargo, nada de pellizcos en el estómago al tenerle cerca. Todo lo contrario de lo que me ha ocurrido al enfrentarme a ese dúo siniestro formado por la secretaria fiel y el arqueólogo leal. O viceversa.

XII

Esa tarde, blandiendo un taburete que le ha proporcionado uno de los chicos del *Karnak*, la detective se ha plantado en medio de las hamacas ocupadas por Alfons Permanyer y Dolors Moltó, casi tapándoles la vista de la orilla. A esa hora, el sol empezaba a declinar y alargaba la sombra de Diana en cubierta, lo cual le ha complacido sobremanera: los antiguos empleados de Oriol Laclau han tenido así ocasión de sobresaltarse por su silueta, antes de descubrir su identidad.

—¿Puedo?

Y sin esperar respuesta se ha sentado, de espaldas al Nilo, consciente de que el contraluz jugaba a favor de la pareja, desdibujando sus rasgos, pero también convencida de que la puesta en escena de su interrupción les dejaba momentáneamente incapacitados para la argucia.

En efecto, ambos se han deshecho en explicaciones deplorables:

—Qué lástima que... el señor Laclau no pueda disfrutar de esta vista, una de sus preferidas —Dolors ha vacilado muy poco, pero lo suficiente, al conceder el tratamiento a su difunto jefe—, ¿verdad, Alfons? De eso estábamos hablando.

Y el susodicho:

—Siempre me lo decía: «Ay, Alfons, el día que me falte el Nilo no seré ya nada en este mundo.» ¿No es así, Dolors?

Dial ha pensado que el proceso se produjo a la inversa: primero dejó de ser algo en este mundo, a consecuencia de lo cual se quedó sin el Nilo.

—Les acompaño en el sentimiento —ha dicho, maldiciendo la dureza del asiento de la banqueta, dotado de una protuberancia lateral que iba a dejarle señal en la nalga derecha si permanecía allí demasiado tiempo.

—Qué cortos son los anocheceres aquí —ha seguido con su cháchara la secretaria—. Por mucho que lo sepamos, nunca deja de sorprendernos, ¿verdad, Alfons?

Permanyer estaba a punto de responder con otra nadería cuando las luces de cubierta, prendidas antes de hora por algún empleado diligente y, no obstante, oportunas, han colocado a Diana en zona de penumbra, al tiempo que sus haces más cercanos recortaban con nitidez a la pareja. Bustos inmóviles, cuyas cabezas ligeramente inclinadas la una hacia la otra, como si buscaran protección, ofrecían ciertas reveladoras coincidencias: ojos inquietos, labios colgantes. Desconcierto, recelo.

Dolors ha sido la primera en reaccionar, inclinándose a rebuscar en su bolso, hurtándose al campo de luz. Ha emergido con un pañuelo de batista planchado y limpio. Retorciéndolo entre sus manos, lanzando un suspiro, preparando el terreno para la lágrima.

—No es lo mismo sin él, ¿verdad, Alfons? —Ha producido un sonido intermedio entre un sollozo y el sonarse un moco.

—Lo imagino —ha conciliado Diana—. Será difícil que, sin su presencia, su magna obra tenga continuación. A no ser que Lady Roxana quiera hacerse cargo de su labor.

—¡Oh, ella! —Algo se ha alborotado en el busto, generoso y apaisado como una almohada, de la mujer—. Ella no siente por Egipto lo mismo que Oriol. Ni mucho menos.

Oriol.

—Un gran hombre. —Acotación de Diana.

—No lo sabe usted bien —se ha animado la otra—. ¡No hacía más que bondades, todo el rato! Incluso a gente que no lo merecía. Este crucero está lleno de desaprensivos que le chupaban la sangre, empezando por su hermana y siguiendo por...

—¡Tú sí que le querías, Dolors! —Rápida intervención de Alfons—. Hizo mucho por mí, también.

Demasiado rápido. Demasiado oportuno.

—¿Cree que Marga le hacía feliz? —La pregunta de Dial no ha despertado reacción alguna en la Moltó.

—Marga es una santa. —De nuevo, Permanyer al quite.

—Pero él era humano. Muy humano, según tengo entendido.

Implacable, Diana ha mantenido los ojos fijos en el rostro de la secretaria, ahora trastornado, como si por debajo del cutis se le moviera la carne, una especie de pulpa en ebullición. Diana ha tenido que apretar los párpados. ¿Qué había ahí? ¿Maldad, resentimiento? ¿O amor defraudado? En ese momento, el estómago de Diana se ha puesto a chirriar, y la detective ha alzado la mano para pedir una infusión.

Por fin Dolors Moltó se ha recompuesto, formando una breve sonrisa sobre la pulpa ya en calma, un estiramiento de labios apenas formulado para dejar bien claro el sufrimiento que la conversación le producía.

—Un ser humano excepcional. —Con un susurro apenas perceptible, la secretaria se ha recogido en la hamaca—. Será difícil que alguien de su familia esté a su altura.

—Si sus negocios se van al garete, ¿qué ocurrirá con ustedes, con sus empleos?

—¿Lo ves? —dice Alfons mirando a su compañera. A Diana le ha quedado claro que es a ella a quien el hombre dirige el mensaje—. La inmobiliaria se la va a quedar la sociedad que formaron los hermanos y el difunto cuñado con la viuda. Eso no será un problema. Pero ¿y el arte? La fundación que quería montar nunca verá la luz, y la colección desaparecerá, saqueada por su propia familia... Yo me quedaré sin trabajo, y tú también. Yo porque, aparte de la arqueología, no sé hacer otra cosa, y además no tengo título, en eso don Oriol fue muy bueno conmigo, y tú porque Roxana te odia, y con él desaparecido ya nada le impedirá despedirte. En el paro, los dos. ¿Lo ve? —Ahora sí, se ha vuelto hacia a Diana—. ¡No teníamos ningún motivo para matarle, no sé qué hacemos aquí, en esta trampa! ¡Con la de asuntos que debemos resolver en Barcelona! ¡Hay que poner al día el inventario de piezas! Porque éstas mucho mandar, pero de egiptología no tienen ni idea.

—¿Cree que pueden haberse perdido más cosas, además del astrolabio que ha aparecido a subasta en el mercado internacional? —Diana ha planteado la pregunta sin demasiado interés, mientras se rascaba el cogote.

Alfons Permanyer se ha encogido de hombros.

—¿Quién puede saberlo? Muerto Laclau, esto es un burdel. Temo que las cuñadas me impidan acercarme al almacén. Siguen pagándome el sueldo pero amenazan con buscar a otro experto. No se fían de mí. ¡Y pensar que don Oriol quería que sus tesoros fueran a parar a la ciudad! Más aún, le habría encantado abrir un museo arqueológico en las instalaciones del Barça. ¡Una casa de putas, ya lo he dicho! Regentada por una hermana estrafalaria y una viuda obsesiva.

—Es la pena, que nos tiene alterados. —Dolors ha intentado justificar el arrebato, compungida.

Al levantarse, la detective ha preguntado:

—En su testamento, ¿tienen ustedes algo que rascar?

—¿Nosotros? —Permanyer ha dejado escapar una mueca de despecho, de inmediato borrada porque Dolors le ha apretado la mano—. No sé, algo. Puede. No creo.

—Algún detalle sí que habrá tenido —le ha reemplazado la mujer—, porque, ya le digo, generoso sí que lo era. Lo que pasa es que el testamento aún no se ha hecho público. Pobre señor Laclau... Cada vez que pensamos en lo que le sucedió, la emoción nos trastorna. ¿Verdad, Alfons?

Y se seca los ojos con el pañuelo.

XIII

—¿Les preguntaste por el astrolabio?

—No sueltan prenda —responde Diana—. Y tú a Roxana, ¿le sacaste algo acerca del testamento?

—No. Cambió de conversación y me agarró el muslo con la mano, por si quieres saberlo.

—Le habrás dicho que estás casado. —Sonríe ella.

—Ni una palabra. —El inspector le enseña el anular, desnudo de alianza—. Querida, nos encontramos encerrados en un viejo vapor del siglo XIX, en medio del Nilo y a merced de una excéntrica mujer libidinosa y de una misteriosa viuda. ¡Cada uno de nosotros deberá utilizar las armas de que dispone!

Dial constata un gesto de admiración:

—Te estás divirtiendo.

—Como un loco. ¿Y tú?

La hamaca del policía, cercana, no lo está tanto

como para que la detective pueda propinarle uno de sus amistosos codazos. Pero esboza el gesto y el otro lo capta, contrae el costado, se ríe.

—¿Sabes qué opino? —Fattush cruza los brazos bajo su cabeza y contempla, satisfecho, el firmamento.

—Que tiene razón Permanyer cuando afirma que esto es un burdel —replica Dial.

—Yo no lo expondría así. Un literato cursi afirmaría que las estrellas que ahora vemos nos amparan o nos vigilan desde lo alto. Pero cualquier astrónomo nos diría que hace millones de años que muchas de ellas se extinguieron, y que sólo nos alcanza su reflejo.

—¿Un mundo desaparecido, una reliquia colonial? —A Diana no le cuesta seguir los argumentos de su amigo. A él le ocurre lo mismo.

—Toda esta pompa, con miembros del servicio encerrados en sus camarotes, y saliendo justo a tiempo para atender a sus amas... Por no hablar del propio barco, cuyo *atrezzo* teatral puedo entender por razones de interés turístico, como entiendo (aunque si fuera un egipcio normal, de la calle, no creo que me gustara) esa parafernalia que rodea el Nilo en los puntos de atracción, escondiendo la amarga realidad. Pero ¿quién soy yo para quejarme? Los libaneses somos maestros en el arte de la ocultación mediante envoltorios vistosos. ¿Sabes? Me parece que el nudo del asunto, el auténtico misterio, no lo constituye el asesinato de Oriol Laclau. Lo que me intriga es que nadie haya acabado todavía con toda su familia y lo que representan.

Diana saca de su bolsa el Moleskine rojo y un bolígrafo con linterna. Repasa sus notas.

—Es pronto para sacar conclusiones —reflexiona—. Nos quedan los peces más importantes por interrogar. El médico, Roxana, tu sospechosa viuda, el cantante teñido, el señor Indiana Jones. ¡Y también Ismail! Mañana les atacaré, a él y a Laia. Y está Claudia, creo que sería mejor que te encargaras de ella. Se te dan muy bien las mujeres maduras.

—Lo tomaré como un piropo —acepta Fattush, con su sorna habitual—. Más vale que nos pongamos a trabajar de firme. Roxana ha dado órdenes de navegar con lentitud para compensar que no nos detendremos a ver templos. No es que a mí me importe.

—A mí tampoco —coincide Diana—. Bastantes ruinas tenemos a bordo.

Se sonríen con complicidad.

—Mataría por una copa —susurra ella.

Sin decir nada, Fattush realiza un gesto muy libanés: le guiña los ojos, a la vez que saca de debajo de su manta una botella de Macallan y vasos de papel.

Diana pega un respingo.

—¡Joder! ¿Has sobornado a un camarero?

—Sólo para los vasos. El whisky procede de La Cigàle, lo compré para ti antes de venir. Espero que te guste, es un doce años.

—Para estar a tono con el ambiente debería tener doce siglos...

Brindan silenciosamente.

—¿Echas de menos Beirut? —pregunta el hombre.

—A veces. Todo está aquí.

Y señala ese lugar en donde la gente suele tener el corazón.

—¿Te tratan bien? ¿Estás contenta?

Joy intenta poner orden en el camarote de Diana antes de que su patrona lo abandone para desayunar. No se fía del servicio de limpieza del *Karnak,* aunque a Dial todo el mundo le parece muy competente. Mientras la filipina recoge ropa, la dobla y la coloca en el armario, la detective entretiene a Yara con un sonajero. La niña patalea en la cesta, que Joy ha depositado en la cama, embutida en un buzo de lana que tiene campanillas cosidas hasta en los pies. A sus cuatro meses es muy nerviosa, por lo que el ruido del sonajero, que Diana sacude con entusiasmo, queda ahogado por el tintineo que el bebé produce al moverse.

—¿No va demasiado abrigada?

—El Nilo es traicionero, Ahmed lo dice. Te asas a mediodía, pero corre un frío...

—Eso es porque estamos al sur, que es de temperaturas extremas, según la hora. —Dial acaricia la frente de Yara y ésta se echa a reír. Es simpática como su madre.

Le gusta tener de nuevo a Joy a su servicio. Su cabellera negra, a la que se habituó en Beirut sin concederle importancia, hoy le parece una bendición, un símbolo.

—¿Qué tal te llevas con las otras chicas? —inquiere.

—¿Halima y Tabia? Bien, son buena gente, aunque muy sumisas, en mi opinión. No se atreven a criticar a las amas; cuando lo hacen, bajan la voz, y además sólo hablan egipcio, menos mal que me he acostumbrado con Ahmed. Mi marido dice que el árabe egipcio es mejor que el libanés. Vamos, que es el árabe que cuenta.

—En eso tiene razón. Mira, mira, mira, mira... —asiente Dial, mientras agita el sonajero llamando la atención de la nena, y ésta da patadas en el aire.

—Pues yo lo encuentro muy duro, el árabe egipcio. De todas formas, son buena gente, ya le digo. El más estirado es Haggar, y de él sí que cuentan cosas... Me han dicho que, de todo el servicio, el nubio es el que conoce mejor los secretos de la familia.

Diana tuerce la cabeza.

—Supongo que Roxana se los cuenta en la cama... Guapa, no estaría mal que sonsacaras un poco a ese chico. Que te haga de canguro una de las doncellas, y dedícale al muchacho un rato, una caída de ojos y otra de melena. Debe de estar de los michelines de mi amiga hasta los bombachos.

El teléfono, contemporáneo del señor Bell, que figura sobre la consola, lanza varios timbrazos que se unen al concierto de campanillas y sonajero.

—Atiendo yo, cuida tú de Yara —ordena Diana.

Descuelga. Monosílabos.

—Sí, sí. Sí.

—Es Roxana. Quiere que desayune con ella, en su camarote. Anda, ayúdame a elegir qué ponerme.

XIV

La suite Agatha Christie se encuentra pegada al camarote de Diana, de cara a la proa, en la cubierta de estribor. Dado su estatus superior, el resto de los pasajeros no suele acercarse a curiosear; sólo acceden al recinto los miembros de la tripulación que, discretos, realizan sus tareas de limpieza, así como el personal de servicio que atiende a Lady Roxana. Antes de reunirse con su amiga, la detective aprovecha esta oportunidad de permanecer a solas en la proa, sin barreras entre ella y el Nilo, que se desliza bajo el vapor con lentitud y docilidad, abriéndole un camino recorrido miles de veces.

Un cielo blanco, de postal antigua, con cenefas de nubes rosadas y las ya familiares palmeras de todos los tamaños, acompaña el placentero avance del *Karnak*. Diana es consciente de que éste es su primer y último viaje por el Nilo en tan especiales circunstancias, y todo su ser absorbe las sensaciones que el lugar le envía. Observa las reses que, desperdigadas, pacen en la orilla, y al hombre en galabeya gris que, desde una esbelta faluca, lanza sus redes, dueño de su oficio y de su tiempo, y posiblemente con una caterva de hijos que alimentar. Una bandada de ibis se abalanza intermitentemente sobre el agua para picotear su desayuno.

Así de absorta se halla Dial cuando la puerta de la suite se abre y Haggar, con el *tarbush* en una mano y remetiéndose un faldón de la blusa de seda con la otra, aparece en cubierta casi violentamente, como si alguien le hubiera empujado desde dentro. El muchacho, ajeno en principio a la presencia de la investigadora, expresa un doloroso hastío en el pliegue de sus labios, que se torna en deferente sonrisa —con ese automatismo nativo que a Diana también le resulta doloroso: recuerda quién eres— en cuanto la descubre.

—La señora la espera. —Inclina la cabeza, ya con el *tarbush* encajado. Vacila—: No se encuentra muy bien...

Y dobla hacia la cubierta de babor, pasando por delante de la suite Lady Duff-Gordon. Diana imagina que la viuda todavía duerme, o quizá se encuentre ya en manos de sus doncellas, bañada y manipulada como un bebé, como Yara.

Por puro trámite, golpea con los nudillos la puerta, que Haggar ha dejado sin cerrar, y entra con un animoso «¡Buenos días!» a punto de salir de su boca. Se le hiela el saludo ante el espectáculo que el interior le ofrece, y no sólo porque la suite, rodeada de cristaleras que dan al río, constituye en sí misma una coreografía digna de admiración y de envidia: los camarotes normales carecen de vistas al Nilo, ya que las persianas de sus ventanucos nunca se abren. Lo que deja sin habla a Diana es que, en la cama monumental, hecha un ovillo y agitada por sincopadas sacudidas, se encuentra una criatura que a Diana le cuesta identificar.

—¡Él me obligó! —solloza la cosa, es decir, Roxana—. ¡Decía que lo encontraba sexy, al estilo de las cortesanas del antiguo Egipto!

Con el cráneo mondo como una bola de billar, y el aspecto de un perro de Valentino inflado como un globo y en kimono, la mujer llora inconteniblemente y tiende sus brazos hacia Diana, que se apresura a sentarse a su lado y a pasarle un brazo por los hombros.

—Vamos, vamos. —Le acaricia la cabeza: es una tentación irresistible, concede la detective, aunque tenga poco que ver con el erotismo—. ¿Quién te obligó? ¿A qué?

—Quiso que me rapara. Ese traidor. Ese mal hombre. —Extrae un pañuelo de papel de la caja que tiene a mano y se suena, algo más calmada—. Ese chantajista, ese asesino. Ese donjuán.

—¿Hadi Sueni?

Asiente la otra, a punto de caer en una nueva convulsión emotiva. Perpleja, Diana busca una frase hecha en el hatillo de sus tópicos de emergencia. Pero le sale sin entusiasmo, en forma de interrogante, como si se preguntara a sí misma por la verosimilitud de la afirmación.

—¿Todos los hombres son iguales? —Rectifica y afirma, animosa—: Todos los hombres son iguales. Deberías saberlo.

—Tienes razón. Yo... Yo era una joven viuda indefensa, cuando sucumbí a sus encantos. Treinta y, ejem, pocos años, una niña, sobre todo para la época, a finales de las ochenta décadas, ya sabes, cuando llevábamos aquellas hombreras... ¡Y él! Todavía no iba vestido como ahora, pero te puedes imaginar, qué prestancia, qué exotismo. No es por nada, pero el pobre Plàcid había sido muy buen político y muy buen marido, y paraba poco en casa, pero no estaba precisamente como un tren, que decíamos entonces. Cuando mi hermano me presentó a Hadi en una de las expediciones en que participó... Por entonces tampoco era el gran mandamás de las antigüedades, pero ya sonaba como futuro encargado del plató de Giza, y tenía mucha mano con la mujer de Mubarak; me pregunto si estuvo liado con ella... Ah, era un seductor nato, sigue siéndolo. Me llevó una noche a ver la Esfinge, solos a la luz de la luna. El resto te lo puedes imaginar.

—¿Y el afeitado? —pregunta Diana, curiosa.

—Eso vino después, en otro viaje. Me lo suplicó, me dijo que le excitaba. ¿Qué podía hacer yo? Antes, me ayudó en las gestiones para quedarme con la villa de Luxor, por un precio que no te lo podrías creer. No lo conté en Barcelona para que a mis amigas no les diera por venir también a instalarse aquí, con lo barata que es la vida... El caso es que, con la villa a nuestra disposición, entonces Luxor no era lo que ahora, cuatro gatos y podías hacer lo que te daba la gana, sacabas un dólar y... Ahora, por menos de veinte no se te bajan al pilón. Pero bueno, que aquello sí que era vida. Con la excusa de los templos, Hadi estaba siempre en casa. ¿Cómo no me iba a afeitar? El cráneo y lo de abajo, eso también les vuelve locos.

Insinúa el gesto de abrirse el kimono pero Diana la detiene justo a tiempo.

—¿Y este sofocón? —pregunta, pasándole nuevamente la mano por la bombilla.

Da gustito.

—Ahora quiere chantajearme, ya te lo habrá contado ese tipazo de inspector que te has traído. Ha venido a mi crucero para coaccionarme. ¡Lo quiere todo! ¡Las antigüedades que mi hermano fue atesorando con el tiempo! ¡Quiere hasta las que compró en Sotheby's y Christie's, antes de que se conocieran y le salieran casi de balde! Se ampara en que también fueron robadas. Y quiere la villa. Bueno, la villa está dispuesto a perdonármela pero ¿para qué coño la necesito si, por culpa de ese canalla, voy a sentirme aquí como una extraña, como una repudiada? Porque no te engañes, si consigue quedarse con lo mío, quiero decir con lo nuestro (Marga y yo vamos a partes iguales), a mí la villa se me caerá encima, vacía de contenido, como si dijéramos. ¿A qué me voy a dedicar? ¿A Haggar? Si me sale de la patata, a ése me lo compro y me lo llevo a Pedralbes... No, no, es todo, ¡todo perdido! Toda la ilusión que puse en esto, ¿comprendes? ¡El amor! ¡Los ideales! ¡Mis *nilinas*! Tendré que volver a pintar marinas...

Se cubre el rostro con las manos. Sin peluca, sus orejas salen disparadas hacia arriba, más de bulldog francés que nunca.

—¿Has dicho que Marga y tú vais a medias? —inquiere Dial—. ¿Es que ya se ha hecho lectura del testamento?

Niega la otra con la hipnótica cabeza.

—Es algo que mi hermano ya había hablado con nosotras. El negocio, las antigüedades. Igual que lo otro, lo del maldito embalsamamiento, y su deseo de ser enterrado en el Valle de los Vips. Era *vox pupurri,* lo sabíamos la familia, los allegados. Por eso permitimos que le embalsamaran de estranjis, a propuesta de Hadi, ya te lo dije. En el crucero del año pasado todavía estuvo cariñoso. No teníamos ya nada, él no es hombre de una sola mujer, le pasa lo que a mi hermano, pero sin una Marga a la que regresar; un faldero, vamos. Pero me trataba con respeto, y siempre me decía que siguiera afeitándome el cráneo, en recuerdo suyo. Yo estas atenciones las agradecía, qué voy a decirte. Cuando tengas mi edad comprenderás que una mujer tan mujer como soy yo necesita sentirse admirada. Aunque mucho no te falta, ¿cuántos tienes ahora? ¿Cincuenta?

—Añade cuatro —responde Dial, de mala gana.

—Aparentas menos —concede la otra—. Es por el pelo corto y esa forma de vestir, pareces un chico. A mí las pelucas me envejecen, no creas que no lo sé. Pero cuando se tiene este aspecto, que tampoco creas que lo ignoro, una se pone majestuosa o no sale de casa.

—Deberías arreglarte. —La deriva de la conversación hacia una intrascendencia femenina ha calmado la irritación de Diana—. Salir y dar la cara. Demuestra quién eres y lo que vales.

—¡Tienes razón! ¡Todos los hombres son iguales! —Se incorpora con ímpetu—. Me visto, elijo peluca y que les den a todos por saco. Tomaremos el desayuno en el comedor. ¡Y con la cabeza bien alta!

Al abandonar la cama, en el hueco del colchón que ocupaba su trasero aparece un papel con el membrete del *S. S. Karnak.* Roxana, siguiendo la dirección de la mirada de su amiga, también lo ve.

—Ah, una factura —dice con un mohín de despreocupación, lo arruga y lo arroja a un rincón—. Siempre lo mismo, dinero, dinero y dinero.

Diana Dial ha tenido tiempo de sorprender la firma de lo que parece un breve comunicado, un e-mail impreso en el ceremonioso papel con membrete del barco. *Jaume Andreu, Departament de Medicina Forense, Hospital Clínic, Barcelona.*

XV

La mañana ha transcurrido con tranquilidad hasta que un suceso aparentemente banal, causado por un malentendido, ha calentado los ánimos del pasaje.

Durante el desayuno en común, cada oveja se ha mantenido con su pareja, o con sus allegados, y en todos los rostros se pintaba esa sonrisa de cortesía con que se afrontan los períodos de aturdimiento previos a una tormenta. Incluso Lady Roxana, impecable con una peluca rosa con mechas azules, ha mantenido el tipo mientras departía con amabilidad de anfitriona con la detective, lanzaba cariñosos besos voladores al resto de los invitados instalados en el comedor y sostenía, con helada determinación, las miradas ajenas. Luego, en grupos o en parejas, la gente se ha dispersado por las distintas cubiertas, optando unos por jugar al ajedrez o a las cartas en el salón, ocupando otros mesas individuales y hamacas para dedicarse a la mera observación del paisaje. Unos pocos han preferido exponerse al sol en bañador, entre ellos Lulú Cartier que, en diminuto bikini, atraía la atención de los camareros. Hadi Sueni, en bermudas de camuflaje y camisa verde con trabillas a lo militar en los hombros —y con su inseparable sombrero Fedora—, cejijunto como un Ramsés guerrero, ha cortado como ha podido todo intento de acercamiento por parte de los obsequiosos muchachos: «¿Un refresco? ¿Un parasol?», ofrecían cada dos por tres, sin inmutarse, intercambiando esas risas nerviosas de quienes están en el secreto del sexo manual practicado a solas o entre ellos, con la fantasía puesta en los encantos de las extranjeras. El banquete occidental que los chicos de esta región imaginan, mientras se masturban, no está demasiado lejos, en su irrealidad, de aquellas fantasías orientalistas, plagadas de inexistentes huríes de ojos lascivos y vientres al aire, que asolaron Europa a raíz del viaje iniciático que Napoleón y su equipo artístico realizaron al país del Nilo.

El incidente que ha roto los nervios de los invitados se ha producido cuando, a media mañana, el *Karnak* ha atacado una maniobra de acercamiento al embarcadero de Kom Ombo, en donde los encargados del amarre de la nave y el tendido de pasarela les aguardaban sonriendo de oreja a oreja. Los pasajeros se han contemplado con sorpresa: así que, después de todo, vamos a bajar a tierra, parecían decirse, con silencioso alivio. Acodados a la borda, contemplaban con infantil excitación la abierta curva de piedras perfectamente pavimentadas que, en doble murete inclinado e interrumpido por cortos tramos también dobles de peldaños, esperan el amarre de las embarcaciones en ese lugar en donde el río inicia un pronunciado codo, antes de enderezarse hacia Edfu, Esna y Luxor, final del viaje.

Entre enormes buques de cruceros masivos que parecen edificios en movimiento, el *Karnak* maniobraba como una bailarina. Los marineros han lanzado cabos, han afirmado el ancla y extendido la angosta pasarela de acero. Lo más emocionante para quienes, desde el barco, seguían la maniobra, ha sido ver la precisión con que los hombres han desplegado una estrecha alfombra —a tono con la decoración del vapor—, tan ajustada al improvisado pasillo que bien la podían tomar como una prolongación de su confortable vida a bordo. ¿No suponía ese detalle, esa cortesía, que nada podía nublar la perspectiva de una travesía placentera, ajena a los designios de las anfitrionas?

Cuando los muchachos del barco se han dirigido a las señoras extendiendo las manos, con la pretensión de ejecutar su caballeroso papel de acompañantes de torpes damiselas, el vocejón de Roxana, imponiéndose a cualquier otro sonido, ha interrumpido toda actividad. Los invitados, convertidos en estatuas —Diana y Fattush, que estaban juntos haciendo planes, también se han quedado inmóviles—, han compuesto una expresión de trágame, Nilo.

—*Monsieur le Directeur! Monsieur le Directeur!* —A gritos y repetidamente, la falsa Lady ha conseguido que Seboso llegara hasta ella con expresión de Isaac yendo hacia la piedra del sacrificio, dispuesto a asumir cualquier culpa que la mujer fuera a echarle encima, e incluso el golpe del hacha en su cogote.

Ha seguido una bronca descomunal en caprichoso francés, salpicada de tacos en español y en catalán y, finalmente, Seboso ha reconocido que se le ha olvidado por completo la orden de no detenerse en Kom Ombo, recibida al iniciarse el crucero. El hombre debió de creer, en su momento, que se trataba de una breve excentricidad, propia de alguien que cada dos por tres cambia el color y la forma de su peinado. Percatado de la enormidad de su descuido, Seboso ha puesto a todos sus hombres a deshacer la operación y, como en la proyección inversa de una película, la alfombra ha vuelto a ser enroscada, la pasarela ha sido desplazada hasta quedar pegada de nuevo al casco, se han izado los cabos y la prisión de Alcatraz ha vuelto a surcar las aguas río abajo.

Pasado el sobresalto, pero no el disgusto, los pasajeros, mudos y cabizbajos, como niños que vuelven a clase después del recreo, han regresado a los lugares en donde se hallaban antes de caer en el espejismo terrestre. Mal encarados, también. Diana sorprende en ellos muecas adustas que no presagian nada bueno. Aunque a lo mejor, sí. Cuanto antes se produzca el estallido, piensa, antes podrá solucionar el caso y abandonar el buque fantasma.

Acodados a la borda, Dial y Fattush charlan como si nada hubiera ocurrido, con los sobreentendidos uniéndoles como de costumbre.

—Si no me equivoco —reflexiona la detective—, los ánimos se irán caldeando a cada nueva frustración. Que no van a ser pocas, considerando el ambiente que aquí se respira.

—Tienes que conseguir copia del e-mail del hospital —sugiere Fattush, a quien Dial le ha narrado previamente su encuentro con Roxana en la suite.

—Y tú tienes que impedir que mi amiga te encadene a ella. Te estás convirtiendo en su tabla de salvación para consolarse de lo de Sueni.

—Tenía pensado dedicarle un rato al doctor Creus.

—Inténtalo. En lo que a mí respecta, me apetece

permanecer a solas con mis cuadernos y los de Agatha Christie, en esa mesa que ves.

Y le señala una, relativamente alejada de los pasajeros que, aparentemente resignados, toman el sol en la cubierta superior. El libro *Agatha Christie's Secret Notebooks*, de John Curran, figura en la superficie entre papeles, libretas y Pilot.

—¿Y si alguien se te acerca? —pregunta el policía.

—Eso es exactamente lo que pretendo. Parecer ocupada, pero disponible para una conversación. ¿Qué mejor forma de iniciar un interrogatorio, digamos, casual?

—¿Algún candidato?

—Mientras se producía el frustrado desembarco, he observado que alguien no dejaba de mirarme.

—¿Quién, Mickey Jones? ¿O el cantante del rímel corrido?

—Frío, frío, querido amigo. Ismail. Me gusta ese chico.

—Bien, me voy a por el médico. ¿Tienes idea de dónde anda?

—Busca a Marga. Seguro que lo tiene dando vueltas a su alrededor como un halcón en celo. Cuando acabes con él, intenta utilizar tus encantos con Claudia Mollà. Seguro que funciona.

Fattush inclina la cabeza, sonriente.

—A veces me emociona tu fe en mí.

Dial le señala la mano:

—Te has vuelto a poner la alianza.

Se la quita con un suspiro, disculpándose:

—Es por fidelidad histórica.

Y se aleja, agitando la mano como si fuera una maraca.

XVI

Diana Dial se cala el sombrero de lino, se desabrocha los dos primeros botones de la blusa, coloca los pies, enfundados en zapatillas deportivas, encima de la mesa, y se repantiga en el sillón de mimbre, dispuesta a utilizar el libro como excusa y las gafas de sol como pantalla, mientras observa lo que ocurre a su alrededor y, supuestamente, subraya párrafos y toma notas.

En la orilla oriental, el paisaje de palmeras ha sido sustituido por uno de árboles domesticados —algunos, podados al cubo— que parecen reírse de los ocupantes del barco mientras éste pasa de largo del promontorio en donde se alza el templo de Kom Ombo, uno de los muchos que no podrán visitar.

—Es una lástima. —Alguien, a su lado, ha expresado sus pensamientos en voz alta.

Ismail, el guía, inclina hacia Diana su bello rostro egipcio, de ojos almendrados y oscuros, sombreados por espesas pestañas; la nariz, recta; los labios, gruesos, pero de una sensualidad no agresiva, culminan en una fina mandíbula, que refleja sensibilidad y determinación. Las cejas, pobladas y bien definidas, y el cabello, corto y ondulado, rematan la composición de una esbelta cabeza que podría pertenecer al pasado y estar guarecida dentro de una vitrina, en una sala de museo.

A Dial el muchacho le cae bien, sin que el sentido turbio de las palabras intercambiadas con Laia en el camarote de ésta se opongan a su percepción favorable. Es un buen chico, y a su edad —veinticuatro, veinticinco años— se le ve responsable, maduro y masculino, pero esto último sin prepotencia. Suave y sincero, se dice la detective. Un hijo de la clase media-baja cairota, tan capaz y tan maltratada.

—Siéntate, por favor.

El joven acepta el ofrecimiento, complacido, y deposita educadamente en la mesa una carpeta. Diana retira los pies del mueble.

—Como dicen ustedes —su castellano es muy bueno, con ese acento típicamente árabe, algodonoso, blando, en el que las vocales se deslizan y las consonantes se apretujan—, no hay mal que por bien no venga. Como no tengo nada que hacer, puedo trabajar en mi tesis.

Golpea la carpeta con sus dedos largos y morenos. Diana le aplaude:

—Pronuncias muy bien las pes.

—¡Mi trabajo me costó! —Se echa a reír el otro.

Poco a poco, sin esfuerzo, le cuenta su vida. Es el menor de cinco hermanos, su padre posee un almacén de víveres en el barrio de Dokki. Él es el único de los hermanos que ha recibido educación superior.

—Todos los míos han trabajado como animales para que yo tenga estudios. Soy su orgullo y su esperanza —dice—. No resulta fácil salir adelante en este país.

Diana le pide que la tutee, y le anima a seguir hablando.

—Tuve una buena infancia, las cosas no estaban tan mal hace veinte años. No era el paraíso, pero... La tienda funcionaba. Crecí acercándome a las pirámides por la noche, acompañado por mi mejor amigo, montando a caballo bajo la luna, durmiendo en el desierto cuando los turistas ya se habían ido. Ésa fue la época más feliz de mi vida. Nos sentíamos los dueños de Egipto, los dueños del mundo. Por entonces, yo no sabía lo que nos aguardaba, esta degradación, esta falta de futuro... Como si careciéramos de dignidad. Y la tenemos, créeme. La tenemos.

Hay ira en sus últimas palabras, pero a Diana también le gusta su ira. Recuerda quién eres. Respeta quién soy.

—Cuando ingresé en la Universidad de El Cairo,

que es la pública, tenía claro que quería aprender español. Más que aprenderlo, aprehenderlo, ¿me entiendes? Me gustan vuestras palabras, he leído a vuestros poetas... Tuve suerte, yo ya trabajaba entonces como guía, porque aquí no hay otra salida para la gente con estudios... Mi mejor amigo, que se hizo arquitecto, también trabaja conduciendo grupos de turistas, me gustaría presentártelo. Él ya tiene familia. Nos casamos jóvenes, nos llenamos de hijos, entramos en la rueda, nos hacemos viejos. Y la vida se nos pasa resolviendo el día a día, intentando que no falte el pan en casa.

—Has dicho que tuviste suerte.

—Una profesora del departamento de español de la universidad, Salwa, que ahora es mi directora de tesis. Experta en literatura en castellano. Ella me dio libros, me ayudó a abrirme paso entre las ideas, a apreciar la belleza de las frases. Soy filólogo, no un guía que ha aprendido una lengua y que utiliza un vocabulario limitado, alguien que roza la superficie de las frases sin que el significado le conmueva. Un día, Salwa me pasó un libro que un compatriota tuyo escribió sobre nuestro Egipto antiguo. Terenci Moix, tienes que conocerle.

Asiente Diana:

—Una vez le entrevisté. Cuando yo era periodista. Murió, ¿sabes?

—No para mí. Decidí escribir mi tesis sobre él,

sobre la importancia de Egipto en su obra. Después de *Terenci del Nilo* leí todos sus libros.

—Me parece muy bien —le alienta Dial—. Pero eso, ¿de qué te va a servir aquí? ¿Vas a poder dejar tu trabajo como guía turístico? ¿Te abrirás camino con tu licenciatura?

Niega Ismail:

—Éste es un país en donde la corrupción resbala desde la cúspide de la pirámide y empapa todos los estamentos. Si quieres medrar, no sólo tienes que sobornar y esperar llegar lo bastante alto para que te sobornen, también debes conocer a la gente oportuna. Mi familia es decente. Mi padre es honrado, y ha predicado entre nosotros con su ejemplo. Comprenderás que tenga que salir de aquí.

Ismail la observa ahora, calibrándola, como si estuviera preguntándose hasta qué punto puede confiar en ella. Comportándose como una mascota que atisba la posibilidad de recibir un premio por buen comportamiento, la detective produce una oleada de calidez y benevolencia. Se ablanda, acogedora. Miau.

—Tengo novia... Una novia secreta. Española —confiesa el chico.

—Ah, ¿sí? ¿Novia formal? —Procura no relamerse.

—Viaja en este crucero.

—Caramba. Qué suerte.

Para ti, piensa Diana. ¿Para ella también? Estos

buenos muchachos árabes nunca se desprenden de la influencia familiar, y lo que para ellos resulta un bien, un paraguas protector, para una mujer occidental se convierte en una jaula. Claro que... Un fan de Terenci Moix, quien, en tantos aspectos, fue un libertario. ¿Por qué no? Ismail no es Ahmed. Tiene aspiraciones, cultura... La investigadora se mantiene en silencio, esperando que el otro prosiga. Al fin y al cabo, una buena familia no está del todo mal.

—Laia apareció en mi vida el año pasado. En aquel otro crucero, ya sabes, el que acabó cuando... cuando... —hace un esfuerzo para pronunciar el nombre, y cuando lo hace añade una pizca de desdén— Laclau murió.

—¿Por qué te contrató Roxana como guía? ¿Fue casualidad?

—Sí, la primera vez. En esta segunda ocasión fue Salwa, que la conoce a través de la embajada española, quien le pidió que volviera a contratarme. Mi profesora se lo rogó: el chico necesita el dinero. Y ya sabes cómo le gusta a Roxana hacerse la bondadosa, forma parte de su papel aquí. Por un lado nos explota, por el otro nos favorece con limosnas. Pero se lo agradezco, no vayas a creer. Me ha permitido estar cerca de mi amada Laia.

—¿Crees que vuestra relación tiene futuro? —pregunta Diana, con seriedad.

—No, aquí no. ¿Qué puedo ofrecerle? Pero queremos casarnos e irnos a vivir a Barcelona.

Vaya, así que es eso. Lo que Fattush temía. Un oportuno matrimonio con una europea, y a vivir. Sin embargo, ¿quién podría reprochárselo? Cuando uno se ahoga, se agarra a cualquier tablón. Y Laia es preciosa.

—Me preguntaba... Nos preguntábamos...

—¿Quiénes?

—Yo. Mi novia. Y mi profesora.

—Ah, ¿también está en el ajo?

—Sí. Hablo con ella a menudo. —Ismail se palpa el móvil que lleva en el bolsillo de la camisa.

—A ver, ¿qué os preguntáis?

—Si podrías allanar los obstáculos que se alzan en nuestro camino. Laia quiere pedirte consejo...

Se interrumpe porque en ese momento se les acercan Roxana, colgada del brazo del inspector Fattush, y el doctor Creus, que empuja a Marga en su silla.

Ismail cambia inmediatamente al tono neutro de un guía profesional:

—Es una lástima que no lo haya podido ver. Kom Ombo es el único templo doble del antiguo Egipto, puesto que está dedicado a dos dioses, Horus el halcón y Shobek el cocodrilo. Por otra parte, ya pudo usted apreciar que, en los templos ptolemaicos, la figura humana, sobre todo la femenina, resulta mucho más sensual que en los...

En un susurro sólo perceptible para él, Diana le dice:

—Esta noche, a las ocho, en mi camarote.

Se levanta de su asiento, se despereza, sonríe al grupo y pregunta:

—¿Alguna novedad? —pregunta Dial.

—El almuerzo se servirá en media hora.

Voy a ponerme hecha una cerda, piensa Dial. Mucho cebamiento, y no más actividad que la cerebral. Cree leer en Fattush la misma expresión de disgusto.

—Voy a dar veinte vueltas en torno a la cubierta intermedia, a ver si cojo apetito —anuncia Diana.

—¿No te piensas cambiar? —Lady Marga la contempla con acritud desde su silla.

—Voy limpia. —Sonríe la detective—. Creo que soportaré lucir este conjunto hasta la hora de la cena.

Lo que faltaba, la viuda también está de los nervios, se dice, agarrándose bien a la barandilla mientras desciende, ya que los escalones han sido limpiados recientemente —quizá bañados con cubos de agua y detergente, siguiendo la práctica egipcia que tanto ha contribuido a ampliar la nómina del turismo accidentado—, y no cree Diana que el *Karnak* admita más de dos discapacitadas a bordo.

—Menos mal que has captado mi mensaje —masculla Diana—. En este maldito barco no hay rincones en donde esconderse. Ah, aquel *Titanic* plagado de botes salvavidas... No habría bastantes para acomodar a tanto náufrago, pero los que tenían eran ideales para achucharse y mantener conversaciones secretas.

—Déjate de divagaciones y atiende —se impacienta Fattush—. Roxana ha desarrollado una psicosis amorosa hacia mí francamente amenazadora y, sobre todo, muy incómoda. No me ha dejado a solas con el doctor Creus ni por un instante.

—Acepta que te halaga, golfo —le recrimina la mujer cariñosamente—. Creí que, al encapricharse de ti, facilitaría nuestra investigación, pero me equivoqué. Es un obstáculo más. ¿Qué hay de Marga?

—Forma un frente compacto con su cuñada. Algo muy raro está ocurriendo, Diana. Tu amiga te contrata para que aclares el asesinato de su hermano, ¿y ahora ella y la viuda se blindan contra ti, contra nosotros? No tiene sentido.

—No lo tiene. Debemos aclarar un asesinato que puede haber sido perpetrado por todos los que componen este crucero de locos. Acepto que eso incluye a las cuñadas. ¿De qué otro modo explicar su sospechosa conducta? Llevamos veinticuatro horas encerrados aquí, y no hemos avanzado casi nada. En parte es culpa mía. —Dial reflexiona—. ¿Crees que siento complejo frente a las clases altas?

—En Beirut no te lo noté. Aunque quizá sí te encoges un poco ante las mujeres más mandonas que tú. ¿Tu madre era muy dominante?

—¡Qué dices! —se enfurece la detective—. Ni este pasillo tan aireado del *Karnak* es lugar para que procedas a psicoanalizarme, ni tú la persona con derecho a hacerlo. Anda, vamos a asomarnos a la borda, que lo mejor de esta aventura nuestra sigue siendo el río. Y me da lo mismo que nos vean, estoy harta. Se me ha ocurrido algo para que nos quedemos a solas con el médico. Tendrás que avisar a Joy para que...

Sigue hablando mientras le toma del brazo y ambos se dirigen a la cubierta de estribor, a tiempo de admirar a una bandada de ibis que sobrevuela la orilla forrada de matas bajas.

XVII

Metida en cama a las tres de la tarde, y lanzando falsos gemidos de dolor, Diana Dial piensa que algo similar a esta sensual sofocación debía de sentir Catalina de Rusia cuando su médico personal la exploraba en sus aposentos. La roja decoración de su camarote, combinada con el dorado de las cabeceras de los gemelos lechos, así como la acumulación de lamparillas, cuadros orientalistas y muebles *déco*, otorgan a la escena una atmósfera irreal, de película histórica mala, de pastiche sobre la Rusia zarista realizado por un hortera de Hollywood. Muy en su papel de enferma, Dial se deja tocar por el doctor Creus, que, inclinado sobre ella, explora con dedos temblorosos su zona abdominal.

Diana se felicita por su idea, aunque el precio a pagar sea recibir en pleno rostro el inmisericorde aliento del galeno, una mezcla casi letal de zumos gástricos en descomposición y cebolla recién ingerida; amén de disponer de un innecesario primer plano de los mugrientos cristales de sus gafas. Por Hator, deliciosa vaquita y diosa del amor y de la belleza, qué poco pulido es este hombre, se dice Diana. También se reprocha haber puesto en práctica su truco cuando se servía el segundo plato. El primero había consistido en alitas de pollo —profundamente fritas, según el peculiar vocabulario de Roxana—, acompañadas con *tumiya,* delicioso alioli árabe cuyos efluvios, en este momento, también entran a saco en las fosas nasales de la detective.

Para arrastrar a Creus a su camarote, Dial no ha tenido más remedio que convertirse en paciente, poniendo en práctica el truco del desmayo en público que, en cierta ocasión —en sus tiempos de reportera para todo—, vio practicar con éxito al novelista Antonio Gala, a principios de los noventa, en la ciudad de Damasco, durante un encuentro entre escritores sirios del régimen —los opositores padecían cárcel o exilio: no fueron invitados— y autores e intelectuales españoles. Alarmado Gala porque los organizadores, desatentos, no le habían reservado el día de la clausura para su magna intervención, a media semana, y en pleno discurso en árabe de uno de sus compatriotas, se levantó de su asiento en platea y, lanzando un grito —algo así como «¡No puedo más!»—, se desmayó en el pasillo. Diana pensó, en aquel momento, que únicamente Marlene Dietrich podía representar con tanto arte un número de semejante fuste. «¡Es que sólo me queda un poquito de estómago!», contó una y otra vez el escritor a quienes, en los días sucesivos, que pasó en cama, le visitaron deseándole un rápido restablecimiento. Milagrosamente, se puso bien a tiempo de cerrar el seminario con un magnífico discurso sobre la amistad hispano-árabe, encaramado a un podio y bajo la esplendorosa luz de un foco que dejó sumidos en las tinieblas al resto de los participantes.

Lo de ella es otra cosa, una treta para interrogar a solas al doctor Creus, pero utiliza idénticas palabras:

—¡Es que sólo me queda un poquito de estómago! —murmura, quejumbrosa, mientras el médico la palpa con sus dedos huesudos.

Y piensa que es una gran frase, porque la dolencia que anuncia resulta difícil de comprobar, teniendo en cuenta que se hallan en un barco del siglo XIX que avanza por el Nilo pedaleando y lanzando chorros de vapor, y sin otra autoridad a bordo que este médico maloliente —al turbio aliento hay que añadir las emanaciones que ascienden desde sus calcetines de licra, y un tufo a bragueta triste—, que sólo a una unidad familiar de caché mental tan degradado como los Laclau puede parecerle una eminencia. Divaga la detective sobre la escena de índole neocolonial que ahora protagoniza, con un Fattush que, situado a espaldas del médico, pugna por contener la risa, y aprieta los párpados de vez en cuando para cerrar el paso a las lágrimas que le produce el esfuerzo, y con Joy, atenta pero con medio puño en la boca para no soltar la carcajada. Un policía libanés ancho de manga, una doncella filipina fiel e insumisa y dos catalanes absurdos, la una apátrida y el otro purulento, encerrados en el abigarrado camarote de un barco de vapor plagado de psicópatas. Momento cúspide.

Pero los caminos del Señor, aunque retorcidos, conducen todos a mí, se dice Dial, virtuosamente. Y hete aquí que, a un gesto suyo —una enérgica cabezada—, la comedia termina.

Segura de sus recursos, la detective se medio incorpora. Como impulsada por un resorte, Joy se dirige a la puerta del camarote y la cierra con llave, quedándose en pie allí mismo, montando guardia con los brazos en jarras.

—Ya está, ya está, doctor. —Sonríe Diana—. Es usted milagroso, me siento mucho mejor. Por favor, apártese. Siéntese ahí, hazle sitio, Fattush. ¡Por favor!

El inspector retira algunos trastos del lecho contiguo y ofrece asiento al médico. Acto seguido, acerca el incómodo sillón *déco*, lo sitúa entre las camas y se encaja en el mueble, dispuesto a participar en el interrogatorio y a ejercer de árbitro de la conversación, evitando que Dial —ha ocurrido así en ocasiones anteriores—, en el fervor de su indagación, se vaya por las ramas. Ella lo sabe, y eso es lo que requiere de él: sentido práctico. Entre otras cosas.

La detective se aclara la voz, que adquiere un tono oficial, neutro y conminatorio.

—¿Es consciente de que, al compincharse con el señor Hadi Sueni para permitir la momificación in situ de Oriol Laclau, vulneró usted el código deontológico universal de su profesión, así como unas cuantas leyes españolas y egipcias sobre circulación de cadáveres? Quizá también va contra la Convención de Ginebra.

Lo ha soltado a boleo, y se pregunta si no se habrá pasado. Pero funciona. Joan Creus frunce los labios finos y su nariz aguileña parece curvarse más, alargando su sombra sobre la boca del hombre. Insiste Diana:

—Eso, por no hablar de certificar la muerte natural de alguien sin pedir la segunda opinión de un colega.

El hombre baja la cabeza. Rápida ojeada de Diana a Fattush —ya ves, no he perdido facultades— y ligera sonrisa de aliento por parte de éste.

—Yo... Es que... —Creus mira al inspector, buscando complicidad masculina.

Pero el libanés mantiene sus pupilas fijas en Diana. Ésta se dice que sus sospechas son ciertas: el médico es un pusilánime, un débil, fácil de manejar.

—Entiéndame, no estamos aquí para juzgarle —añade, melosa.

Tras el latigazo, el mimo. Un tratamiento que no suele fallar con individuos habituados a formar parte de la corte de un poderoso despótico, a vivir de ello.

—No se alarme. Tanto el inspector Fattush como yo —prosigue Dial— tenemos en poca estima la legalidad vigente. Lo que nos importa, y mucho, es que se haga justicia.

El médico, en absoluto reconfortado, balbucea:

—Era mi amigo... Todos sabíamos, en el barco, sus allegados más que nadie, que la mejor forma de rendirle homenaje era evitarle trastornos póstumos, y cumplir con su deseo de ser momificado. La segunda parte, su entierro en una tumba del Valle de los Nobles (igualmente clandestino porque estas cosas no se permiten oficialmente), tendría lugar más adelante, durante un crucero como éste. Me sorprende que todavía no le hayan preparado sepultura. Por así decirlo, que Laclau no viaje con nosotros hacia su última morada. Creía que éste, y no otro, era el objeto de repetir un viaje tan incómodo para Marga. Sufre mucho, y nunca se queja.

—Y supongo que aún le ha sorprendido más, querido doctor —comenta Fattush, con amabilidad—, que el cuerpo se encuentre, ahora mismo, en el departamento de autopsias de un hospital de Barcelona.

—Es una profanación. —El médico se excita. Se pasa los dedos por los cabellos, entre grises y rubios, y algo grasientos, a tono con el personaje—. Hicieron muy buen trabajo. Y esos carniceros se lo habrán cargado.

—¿Hicieron? ¿Quiénes? —pregunta Dial—. El trabajo, quiero decir. La momificación.

—¿Quiénes? ¿Está de broma? Especialistas, amigos de Hadi Sueni. Un par de llamadas, y el mundo a sus pies. Prepararon una cueva, tenían sales de natrón y todos los instrumentos necesarios para extraer los órganos. Y el oficio en las venas. Estuve presente, fue una experiencia increíble, como si no hubieran transcurrido siglos, qué digo siglos, milenios. Esos hombres... Parecen pertenecer a un tiempo antiguo. Nadie sabe de su existencia, pero ahí están, aparecen al olor del dinero, o del poder, o de ambas cosas. No podían fallarle a Sueni. Siempre ha sido así, con él. Es como el mismo Oriol: un amo innato. Y los amos consiguen lo que quieren, incluso después de muertos.

—¿Eso fue, para usted, el difunto Laclau? —salta Diana—. ¿Su propietario?

Niega con la cabeza y con la voz:

—No, no. En absoluto. Un amigo, mi amigo más

íntimo, desde que los dos llevábamos pantalones cortos. Pero cada cual tiene que saber qué puede hacer en la vida. Él había nacido para mandar y yo...

—¿Para obedecerle? —le ataja Diana.

El hombre retrocede, todo su cuerpo encogido en un gesto de defensa, como si la detective hubiera rozado un nervio demasiado sensible. Suavemente, Fattush interviene:

—Cuéntenos cómo murió.

Diana recibe el aviso de su compañero de aventuras y guarda silencio. Policía bueno, detective mala. Hombre bueno, mujer perversa. Ay, qué harta estoy. Y qué útil resulta.

—El *Karnak* había salido de Esna, a medio camino entre Asuán y Luxor: por la mañana habíamos abandonado la esclusa, Oriol y yo seguimos la operación. Resulta emocionante pasar junto al muro, casi rozándolo, y examinar los rostros expertos de los marineros, con esos atuendos antiguos y esas manos seguras. Es un trabajo precioso, varonil, ¿me entienden?

—O sea, que ustedes lo pasaban muy bien juntos. —Le enjabona el libanés.

—Sí, sí, claro. —El médico suspira, nostálgico—. Desde niños. Él era un aventurero, un descubridor nato. Un vividor, en todos los sentidos de la palabra. Yo..., me acostumbré a una existencia vicaria, agradecido por el privilegio de permanecer cerca de él.

Se portó muy bien conmigo. Me estimulaba, me aconsejaba, me decía que tenía que aspirar a más. Me ayudó a entrar en el equipo médico del Barça, no me avergüenza reconocerlo.

—Y cuando le dio el primer jamacuco le encadenó a él. —Dial no puede contenerse, pese a la mirada que le dirige Fattush.

—Qué equivocados se encuentran. Yo ya estaba atado a él, a ellos, porque Marga también me necesitaba, desde mucho antes.

El inspector carraspea:

—Es evidente que las relaciones humanas pueden ser muy complejas.

Creus sonríe con gratitud. Fattush:

—Estaba contándome..., contándonos, cómo murió su amigo. —Pronuncia la última palabra con devoción.

—Ah, fue terrible, terrible. Aquel mismo día, después de comer, Oriol y Marga se retiraron a dormir la siesta. Él mismo empujaba la silla y ella, aunque fatigada, parecía intensamente feliz. Recuerdo que les vi alejarse hacia la suite Um Kulzum, y que Oriol se volvió hacia mí y me gritó: «¡Voy a cumplir con mis deberes conyugales! ¡Chincha, envidia!» Como cuando era un crío y conquistaba a las niñas más guapas.

Perplejos, Fattush y Diana se miran. El inspector se adelanta a lo que podría ser un exabrupto de Dial:

—¿Tenían vida sexual? —inquiere.

—Bueno... Un sucedáneo, supongo. Él la tenía, desde luego. Por aquí y por allá. En cuanto al matrimonio, lo que fuera que hicieran en la cama nunca me lo quisieron contar, ni como amigo ni como médico. Por otra parte, Marga, aunque insensible... podía satisfacerle de otras formas.

—Ya, claro. —Frunce el ceño Diana—. Pero ¿y ella?

—Algunas mujeres —el médico sonríe como si levitara— son irremediablemente masoquistas, y encuentran placer en el sufrimiento y la renuncia. Usted, que parece tan inteligente, debería saberlo, señora.

Menudo mamón está resultando el médico. Sin embargo, la enanita aguafiestas que Dial lleva dentro le dice que a Creus no le falta razón. ¿Cuántas mujeres no hacen de su abnegación una especie de órgano sexual extra, que soban para sí mismas, mientras exhiben sus desdichas como si tuvieran propiedades paranormales?

—No nos ha contado cómo murió. —Es Fattush.

—A ello iba, pero aquí la dama no deja de interrumpirme.

Se cose mímicamente la boca Diana, al tiempo que golpea la esfera de su reloj con el índice, dejando claro que se trata de una concesión temporal.

—No despertó de su siesta. Corrí a la suite, alertado por los gritos de Marga, y por el alboroto formado por los empleados de este barco. Oriol yacía en la cama, y Marga le abrazaba, llorando inconsolablemente. Mi amigo, con los ojos abiertos, la boca torcida. ¡Esta vez va en serio!, pensé, mientras abría mi maletín a toda prisa para auscultarle, pero ya era tarde. No sé si saben que Oriol había sufrido dos derrames cerebrales previos, aunque muy leves. De los dos se había repuesto con facilidad. Era demasiado acaparador en todo: bebía, comía...

—¿Tomaba drogas? —Se interesa el inspector.

—Medicamentos para controlar la tensión... Algún estimulante en las temporadas de más trabajo. A Oriol le gustaba apurar la vida al máximo, tragársela a chorros.

—¿Y usted le recetaba... algunos de esos chorros? —pregunta Diana.

Se escandaliza el médico:

—¿Cómo puede decir eso? —Ojos desorbitados, mostrando el horror que la sugerencia le produce.

Se vuelve hacia Fattush.

—Hice cuanto pude para controlarle. No era fácil, ni mucho menos. Se creía el rey del mundo. Pensaba que era inmortal, y que con hacerme caso de cuando en cuando, ya era suficiente. Pasaba temporadas fuera de sí, y luego practicaba lo que él llamaba sus «ramadanes». Poco antes de morir se puso a dieta de sushi... Habíamos estado los tres en Japón, le encantó la comida, le adjudicaba propiedades depurativas. Él era así. Iba de un extremo a otro. Yo le comprendía. Era lo contrario de mí. Tenía mucho éxito: en los negocios, con las mujeres, con la egiptología, con su equipo de fútbol... Con Marga. No resultaba sencillo ponerle límites. Y sí, señora —desafiante, a Diana—, Oriol mandaba en mí. Por consiguiente, no me culpe por la vida que él llevaba. Jugó demasiado con su buena suerte.

—Le auscultó, pues —prosigue el inspector—. ¿Ya estaba muerto?

—Sí. Ni pulso, ni aliento... Marga no paraba de sacudirle, de abrazarle. «¡Despierta! ¡Despierta!», era desgarrador. Perdí mi capacidad de reacción. Aquello no podía suceder, ¿comprenden? Pese a los ataques previos, Oriol muerto era una conclusión inconcebible para mí. Me amparó durante toda mi vida. De repente, perdí su sombra. No supe qué hacer, intenté consolar a Marga pero ella ni siquiera me veía. Hasta que llegaron Roxana y Hadi, que en otro tiempo fueron muy íntimos, no sé si conocen la historia... Bien, entraron en la suite y se hicieron cargo de la situación.

—¿Quién propuso momificarle?

—Si lo pensamos ahora, puede parecer un completo desatino —concede el médico que, bastante más relajado que al comienzo del interrogatorio, se golpea ambos muslos con las manos—. Por entonces, creímos que era lo mejor. Roxana movió sus contactos, y los de su hermano, en el mundo de la alta política catalana. Comunicó la noticia y pidió bula para decidir, como siempre, lo que le pasa por..., por la cabeza. Sueni hizo lo propio con las autoridades de El Cairo, saltándose a las de la zona. El *Karnak* amarró en un pequeño embarcadero, al norte de Esna, y un funcionario que subió al barco trajo unos papeles que firmamos Hadi y yo. El tema legal quedaba así zanjado. Muerte natural. Poco después, con la colaboración de Haggar, el chico de Roxana, Hadi y yo cargamos el cuerpo de Oriol en una motora que pilotaba un silencioso nubio. Bastante al sur, ya en tierra desértica y en la orilla oriental, unos hombres nos recibieron con una furgoneta, y desde allí nos dirigimos a la cueva donde tuvo lugar la operación más alucinante a que he asistido en toda mi vida. ¡Una momificación! Como científico, comprendí que aquél era el último regalo que mi amigo me hacía. Todo un privilegio.

—¿Conoce el lugar en donde se encuentra la cueva?

—No lo recuerdo. Pregúnteselo a Hadi. A mí, aquella jornada me parece ahora una ensoñación. Sé que era hacia el sur, en territorio desértico. Forzosamente, ya que se precisa calor y sequedad durante los tres meses en que el cuerpo se momifica, antes de entregarlo a la familia. Pasamos horas allí dentro. Hadi, con perfecta profesionalidad, me daba explicaciones de la operación. Ya saben, la extracción del cerebro, de los órganos, la limpieza del cuerpo de todo vestigio de sangre... Era hipnótico, fascinante y terrible a la vez. Nuestro Oriol, vaciado. Dejamos la cueva al amanecer, y un chico nos llevó en la furgoneta, hicimos un largo camino hasta Asuán. Por entonces, el *Karnak* estaba amarrando en Luxor. Tomamos vuelos distintos, Hadi con destino a El Cairo, en donde tenía que cubrir los agujeros que nuestra actuación hubiera provocado, y yo a la antigua Tebas, en donde me quedaba la dura tarea de consolar a Marga, viuda de un faraón de nuestro tiempo, presa una vez más de la tragedia que marcó su vida desde que se casó con Oriol Laclau i Masdéu. ¡Ah, qué drama, también, para la exquisita hermana de mi difunto amigo, la generosa e inimitable Lady Roxana!

Para esta última parte, recitativa y pedante, el doctor se ha puesto en pie y mira la puerta de madera del camarote como un actor miraría al público desde el borde del proscenio.

Antes de que Diana abra la boca suenan enérgicos golpes en la puerta que concentran la atención de Creus. Es Roxana, llamándola en susurros. Fino oído el del doctor, se dice. Y se pregunta si el declamado, tan baboso, no iba dirigido a la falsa lady, de cuya aquiescencia depende ahora su empleo. Diana recuerda lo bien que se escuchan las conversaciones desde el exterior.

Baja la voz:

—Una última pregunta, doctor. —Le hace señales para que él también reduzca el volumen.

—¿Está seguro de que Oriol Laclau falleció de muerte natural?

El médico susurra, mirando a la puerta, temeroso.

—Hace un año, lo estaba. Ahora no sabría qué decirles.

Se hace una pausa. El médico también sospecha.

—¿Por qué?

Vacila el doctor, y está a punto de decir algo cuando el vozarrón de Roxana les llega desde el otro lado, ahora gritando el nombre de su amiga. Creus abre los ojos, puro pánico. Responde Joy, con rapidez:

—La señora está descansando, no se encuentra bien.

—¿Y el doctor Creus?

Diana gesticula, Joy la interpreta.

—Se fue hace un buen rato, después de darle un calmante.

—En cuanto despierte —brama la otra—, ¡puedes decirle a tu ama que esta noche no falte a la cena! ¡No me importa si tiene que venir a rastras! ¡Fuad el-Rashid va a cantar para Lady Margaret!

Los cuatro se miran, alarmados.

Diana siente que se agudizan sus presentimientos. Han venido fraguándose desde que inició su pantomima en el comedor.

XVIII

Una vez que se ha ido el médico, Diana felicita a sus colaboradores por su impecable actuación, que no desmerece de la suya. Joy saca un teléfono móvil del bolsillo del uniforme de doncella que le proporcionaron sus colegas en Luxor. Aunque con Diana nunca usó tales vestimentas, la filipina aceptó de buen humor esta exigencia de Roxana y Marga. Ahora, impecablemente almidonada, explica, satisfecha:

—Haggar espera mi llamada para venir a contarles algo que ha descubierto.

Pletórica, Diana salta de la cama. Su ropa, arrugada, arrastra aún el olor del doctor Creus; y su cuerpo, la inquietud que el relato de la momificación le ha producido. ¿No ha detectado en él cierto deleite mientras les contaba que a su íntimo amigo lo dejaron más hueco que la cabeza de su hermana?

—Que venga el chico —determina.

La visita del muchacho se desarrolla bajo la batuta de Joy, que siempre se comporta con Diana no sólo como una sirvienta, sino como aliada y amiga, y que se sitúa —incluso físicamente, cuando es necesario—, protectora, entre su jefa y cualquiera que le resulte extraño. Qué suerte que estés aquí, piensa Dial, bañada en gratitud y cálido afecto.

—Cuéntale lo que viste —ordena Joy.

Haggar. Cómo muda su aspecto cuando Roxana no se encuentra en las inmediaciones. Es un nubio bruñido y esbelto, de unos veinte años, agradable. Y coqueto. Entre él y Joy seguro que hay algo, Dial se regocija. Cómo le gustaría a la detective que Joy echara una cana al aire aprovechando el periplo fluvial. Solía gozar de mucho éxito en su circuito beirutí antes de sentar la cabeza con Ahmed.

Vuelve Diana al muchacho. Alejado de quienes le pagan gana en vivacidad, y el patético uniforme —demasiado exótico, de monito de feria— con que Roxana le hace vestir ya no llama la atención de sus interlocutores. Su gracia natural se impone, rompe barreras.

—Ha descubierto algo —insiste la doncella.

—Adelante. —Dial, impaciente.

Apoyando la espalda en la puerta, Fattush muestra una atención no por muda menos interesada.

—Entre mis obligaciones a bordo —arranca por fin el chaval— se encuentra la de hacer la ronda, un par de veces al día, para revisar los equipajes de mis patronas. Ocupan tres cabinas, en la cubierta inferior. Aunque les parezca una exageración, tratándose de un crucero de pocos días, necesitan una considerable cantidad de prendas y accesorios. Cajas y más cajas con pelucas para Lady Roxana. Lady Margaret, por su enfermedad, precisa de muchos complementos. Trajimos una silla de ruedas de repuesto, dos corsés de los que usa para que su espalda soporte las fatigas del viaje..., medicamentos... Aunque los más imprescindibles están en su camarote, cerca de ella, por si los necesita en plena noche (algunos los lleva en el bolso de mano, con el que duerme y no permite que nadie lo toque), en este tipo de traslado nos acompaña un botiquín muy bien surtido. Una de mis responsabilidades consiste en que todo se encuentre en su sitio, y listo para ser usado. Tabia y Halima, las sirvientas, disponen de llave para entrar y salir a su antojo.

—No tiene que ser fácil trabajar para las cuñadas —simpatiza Diana.

—No, señora. Pero, gracias a Dios, este empleo da para mantenerme a mí y a mi familia. Somos muchos en casa, y no sabe cómo se agradece una boca menos que, además, aporta algo de dinero. Y yo prefiero este trabajo a arrastrar camellos para turistas, o a no hacer nada en la calle, como tantos otros.

Si los jóvenes juntaran sus fuerzas, se dice la ex reportera, si se unieran... Porque ¿no son las de este chico, Haggar, frustraciones idénticas a las de Ismail, el lingüista obligado a hacer de guía? ¿No comparten ellos, como tantos millones de egipcios, aspiraciones y desesperanzas?

—Ayer, antes del almuerzo, Lady Roxana me envió a buscar su peluca verde. Hacía rato que me aguantaba una necesidad, de modo que, nada más entrar, y sin ni siquiera prender la luz, me metí en el baño. Estaba a punto de abrir el grifo para lavarme las manos cuando escuché, fuera, el chasquido de una llave al girar en la cerradura. A oscuras, y con mucho cuidado, abrí la puerta del baño lo mínimo para ver qué ocurría en el camarote. ¿Era una de las doncellas, enviada para recoger algo que cualquiera de las ladies pudo exigir en el último momento? ¿Se trataba de un ladrón? Bien sé que este barco es muy seguro, y que la vigilancia por parte de la dirección es estricta. Sin embargo, ¿acaso el año pasado no se produjo, aquí mismo, una extraña muerte? ¿Quién puede aseverar que no se ha aflojado el control? ¿Se encontrará entre nosotros, mientras recorremos incautamente el Nilo, algún amigo de lo ajeno? ¿O querría alguien del pasaje hacerse (aunque no alcanzo a entender por qué) con alguna de las pelucas de mi ama? No debe de resultar difícil sobornar a un empleado poco escrupuloso y peor pagado para que facilite copia de la llave de un camarote.

Haggar hace una pausa y contempla a sus oyentes como si esperara de ellos una respuesta a sus evidentemente retóricos interrogantes. Fattush mueve los labios, sin lanzar sonido alguno, en dirección a Diana, que asiente. «She-re-za-de», ha formulado el inspector, y Dial no puede estar más de acuerdo. En cuanto a Joy, permanece pendiente del muchacho, y le brillan los ojos más que nunca. Hasta su cabello parece más lustroso. La periodista empieza a temer que la tensión hormonal que, por momentos, caldea el ambiente, atraviese las paredes y se vierta por cubierta.

Complacido por el expectante silencio de los otros y por la admiración que despierta en Joy, Haggar retoma su relato.

—Esperé, pues, y mi paciencia se vio recompensada cuando, tras escuchar inusuales sonidos, que no quise ni imaginar procedieran de roces de ropa y de carnes, tal como mi experiencia me dio a entender, uno de los intrusos (pues eran dos) encendió la lamparilla de la mesita de noche, rasgando las tinieblas que hasta entonces habían reinado en la habitación. ¡Ah, sorpresa! ¿Cómo suponer que en aquel camarote y ante mis propias narices, una pareja prohibida se dispusiera a consumar lo que gentes no afines a las artes y trampas del amor, fanáticas y cegadas por el odio a la felicidad humana, sin duda tomarían por aberración o pecado?

Boquiabierta, Diana Dial le interrumpe:

—Por todos los demonios, ¿dónde aprendiste tan elaborado inglés? Es como si a la concisión del idioma le hubieras introducido un edema orientaloide.

Sonríe el muchacho, con modestia.

—Lady Roxana, que cuida de mí desde que tenía trece años, me puso un profesor particular. Además ella, durante muchos años, me leyó fragmentos de *Las mil y una noches* después de acostarme. Y con Lady Margaret he tenido oportunidad de practicar el lenguaje cotidiano sin descuidar su aspecto más culto.

—¿Leíste *Las mil y una noches* en inglés, no en árabe?

—Así fue.

Se miran de nuevo Fattush y la detective, que cabecea, reflexiva. De este modo pervertimos su visión de sí mismos, se dice. O quizá no. O quizá ésa es también nuestra fantasía.

—¿Puedo seguir? —pregunta Haggar.

—¡Sin duda! —le alienta la detective, en ascuas.

—¡Incesto! Eso descubrí. ¡Incesto! —El chico clava su mirada audaz en el busto de Joy y ésta se pone a respirar como la máquina que produce vapor en el *Karnak*—. ¡Madre e hijo!

—¿Madre e hijo? —inquiere Dial, desconcertada.

—Ah, qué espectáculo. Ni siquiera esperaron a

hacerse un lugar en una de las camas, apartando paquetes o sombrereras. Ah, no. Ella se lanzó sobre él como una pantera, al tiempo que se arremangaba la falda y él, en su delirio, forcejeaba también para liberarse de las ataduras que la vestimenta interponía entre sus mutuos ardores.

Joy deja escapar un expresivo gemido y la propia Diana debe realizar un esfuerzo para preguntar, enérgica:

—¿Quién? ¿Quiénes?

Una nueva ojeada circular por el camarote y, por fin, la respuesta:

—¡Farida y Raheb! ¡La joven esposa y el hijo menor de Fuad el-Rashid, sea bendita su alma! A pesar del revoltijo de ropas y cabellera acerté a distinguirles. Y no parecía la primera vez que se apareaban.

En su mente, Diana coloca las piezas en su sitio y se gira hacia Fattush:

—¿Por qué no me sorprende? Claro que nunca les vi como parientes consanguíneos, sino más bien como colegas, compañeros de desdicha.

—Porque es lo más natural. —El inspector se encoge de hombros—. Lo insano es que esa chica tan guapa sea poseída, o lo que quiera que le haga a la criatura, por un vejestorio al que le crujen las articulaciones cuando parpadea.

Haggar les interrumpe:

—¿No les sorprende?

—Oh, sí, claro que sí —se apresura a tranquilizarle Dial—, has hecho un buen trabajo y te lo agradecemos. Es que el inspector y yo somos gatos viejos.

Sonríe el muchacho, complacido, y pregunta cumplidamente:

—¿Algo más? ¿Puedo servirles en algo más?

Mientras Diana se acaricia la barbilla, pensativa, Joy solicita permiso para marcharse:

—He dejado a Yara con una de las chicas, Tabia. Debe de estar deseando que la releve.

—Algo más, querido Haggar —añade la detective—. Ayudaste a trasladar el cuerpo de Oriol Laclau después de su muerte...

Asiente el otro.

—¿Tienes idea de adónde lo llevaron?

—Hadi Sueni pronunció el nombre Siwa Bahari en un par de ocasiones. Es un pueblo situado entre Edfu y Kom Ombo. Presumo que, para la momificación, utilizarían una cueva clandestina de los alrededores.

—Bien... Dime una cosa. ¿Notaste algo extraño en el comportamiento de Sueni y del doctor Creus?

Reflexiona el chico, se saca el *tarbush,* se rasca el cráneo, se lo vuelve a encasquetar y, por fin:

—Tenían prisa. Mucha prisa.

—¿Mucha prisa?

—Sobre todo el médico. Supongo que no quería que el muerto se descompusiera por el camino.

Antes de salir, siguiendo a Haggar, Joy, palpitante, se dirige a Diana y le sonríe:

—¿Me necesita?

Su patrona le guiña los ojos, a la libanesa.

XIX

A solas en su camarote la detective consulta el reloj. Dispone de poco tiempo para ducharse y cambiarse para la cena, antes de que se produzca la visita de Laia. Le dijo a Ismail que la recibirá a las ocho. Faltan quince minutos.

Cuando, ya ataviada con un minimalista vestido negro, largo hasta los pies, se cepilla la corta melena frente al espejo del baño, preguntándose si su atuendo contentará a Roxana, suenan golpecitos en la puerta.

Entran la apocada Laia y el protector Ismail. ¿O es la muchacha quien manda en su enamorado? A él se le ve crecido, en su papel de intermediario entre las dos barcelonesas.

Aparcando en un rincón de su consciencia las agonías premonitorias de su estómago, la mujer se entrega a la placentera contemplación de la pareja. Su felicidad resulta evidente, a pesar de la preocupación que les frunce el ceño. Veintipocos años —Laia, ni llega—, un amor compartido... No siente envidia Dial. Ella ya tuvo sus funciones de estreno, sus representaciones sucesivas, con el cartel de «No hay localidades» colgado a la entrada. Lo que venga en el futuro, bienvenido será, e, inevitablemente, secundario. Es en la primavera de la vida cuando idilio y futuro se ofrecen bajo el mismo aspecto, como un caballo imparable sobre el que hay que saltar antes de que el corcel se pierda en el horizonte, con su carga de promesas. En su madurez, la periodista sabe muy bien que hay caballos y caminos y caravanas sucesivas, aunque ella ya nunca cabalgará con el ímpetu inicial. Experimenta ternura hacia Ismail y Laia. Diana, no te ablandes. Tampoco ellos están libres de sospecha.

A su invitación, se sientan uno junto a otro en la cama de la detective, y ésta ocupa el sillón que suele utilizar Fattush. Quien, a requerimiento suyo, a esta hora debe de encontrarse interrogando a la hermana, Claudia Mollà.

—¿Qué puedo hacer por vosotros...? —pregunta.

Laia posee un rostro delicado e inocente, determinado en esos momentos por una fina sombra que lo cruza en zigzag, desde la arqueada ceja izquierda hasta la comisura derecha de su boca.

—Claudia no es mi hermana —proclama, de sopetón.

—Ya lo sé. Me lo dijo Roxana. —Diana asiente, sin inmutarse—. Sois hermanastras. ¿Parentesco por parte de padre o de madre? Claro que teniendo el mismo apellido...

—Ah, el apellido. —La joven se echa a reír con amargura. Cuando habla parece mayor—. Ni hermana ni hermanastra. Claudia es mi madre. Lo supe hace un año.

Ismail, que continúa en silencio, le pasa el brazo derecho por los hombros, y Laia se aprieta contra él.

Diana Dial no necesita pensar mucho. ¿Cómo no lo sospechó antes? Oriol Laclau i Masdéu, el pichabrava. ¿Cuántos hijos habrá dejado atrás, mientras su esposa se consumía en la silla, inhabilitada para la maternidad?

—Vaya... ¿Te lo dijo él? ¿Lo sabe ella? —pregunta Dial, sin aspavientos.

—¿Marga? —Laia se desprende del brazo de Ismail y se pone en pie, como si necesitara bregar con esto sola—. Lo supo desde siempre. La idea de que mi madre se hiciera pasar por mi hermana fue suya. Al principio, ése fue su propósito, esconderme, y a Oriol le iba bien. Seguía viendo a Claudia (me he acostumbrado a llamarla por su nombre de pila), venía a casa con regalos, decía que yo era su niña predilecta, me sentaba en sus rodillas, jugaba conmigo antes o después de visitar su dormitorio. Transcurrió el tiempo, y no le pareció bastante.

—¿A él?

—No. A Marga. Empezó a llamarme para que la visitara en su casa de Pedralbes, para que le hiciera compañía. Me gustaba. Yo era una adolescente, medio huérfana, según creía, y ella me prestaba atención. Con esa educación suya, con ese refinamiento. El servicio de plata, las joyas de la familia, los recuerdos de su infancia... Me lo enseñaba todo, me contaba historias. ¡Y hablándome en inglés, una lengua que yo había estudiado desde pequeña, una lengua que amo! Claudia..., mi madre, no se opuso. Siempre ha sido muy apocada. Con ese aspecto de comerse el mundo... De niña, a veces, la acompañaba a los rodajes de anuncios. Tenía mucho éxito, pero eso no le daba firmeza de carácter. Recuerdo que siempre se quejaba, pero permitía que otros tomaran las decisiones: el fotógrafo, su agente, su maquillador, su peluquero. No tenía voluntad. No la tiene. Hace años, cuando empezaron a proponerle publicidad de productos contra las arrugas, entró en una depresión de la que todavía hoy no ha salido, por mucho que intente ocultarla con operaciones de estética y matándose a hacer gimnasia. No se valora. Se hunde. Pero Marga... Me recibía en su mansión, me hacía regalos. Me escuchaba. Se encargó de mis estudios superiores, vigilaba mis avances, me estimulaba. Se apoderó de mí, poco a poco.

—Te hizo de madre...

—No, qué va, mejor que eso. Yo no sé lo que es una madre, no podía comparar. Claudia hacía de hermana mayor. Cuando todo estalló confesó que incluso tenerme fue una decisión ajena, de Oriol, de Marga. Ella lo aceptó, como lo acepta todo. Lady Margaret se convirtió en lo que más desea alguien que se abre al futuro: fue mi amiga, serena y dulcemente. Es su peculiar manera de hacerse con aquello que le gusta. Me agarró por el pescuezo. No puede andar, pero cuando pilla una presa vuela como un águila. Supongo que es su forma de vengarse por su desgracia.

—¿Contigo se vengó?

—¿Usted qué cree? —Laia se cruza de brazos, mirándola con severidad—. Conforme me hice mayor, empezó a cansarme que se inmiscuyera en mis decisiones. A fuerza de observar la debilidad de Claudia, me había hecho fuerte. Deseaba ser independiente. Al principio, Marga no parecía peligrosa, no era más que la mujer de un amigo de mi hermana, alguien de quien me podría desprender, alguien que quedaría atrás cuando mi vida mejorara. No fue así. Comprendí que no le bastaba con tenerme cerca. Quería convertirme en la mujer que ella no podía ser.

—¿Le dijiste claramente que querías ser libre?

—Sí, pero me cortó en seco. Dijo que todo se arreglaría, que tenía un regalo para mí. Me di cuenta de que no me escuchaba, no quería hacerlo.

Interviene Ismail:

—Y aquí es cuando llegamos al año pasado. Laia no se dejó amilanar —afirma, orgulloso.

Laia vuelve a sentarse a su lado, se medio acurruca contra él y prosigue:

—Marga nos invitó al crucero de cumpleaños de Oriol. «Claudia y tú vais a llevaros una agradable sorpresa», anunció cuando todavía estábamos en la villa de Luxor, preparándonos para el viaje. Vaya si nos sorprendió. Aunque no puedo decir que lo de agradable resultara cierto, en absoluto. Nos lo dijo aquí, en este barco, cuando ya llevábamos dos días de crucero. Se tomó su tiempo. Y digo tomó, porque no tengo dudas de que la iniciativa y la puesta en escena partieron de ella. Nos convocaron en su suite (la misma que en este viaje le ha sido adjudicada a su cantante predilecto) y solemnemente, mientras Oriol se contemplaba la punta de los zapatos y mi hermana, mi madre, le miraba a él, Marga me contó la verdad. Luego su marido se aclaró la garganta y habló, como el hombre que era, del tema financiero. Habían decidido concederme una cantidad anual que me permitiría vivir holgadamente. A la muerte de cualquiera de ellos, además, recibiría un legado, cuya cuantía todavía no habían decidido. «Podrás vivir sola. ¿Estás contenta?», me preguntó Marga, como si creyera que era de Claudia de quien intentaba liberarme. «Como comprenderás, existe una contrapartida —añadió ella—. En adelante, seré tu consejera.» Dicho en plata: si quería el dinero, tenía que someterme a sus designios.

—¿Cómo reaccionó tu her..., tu madre, ante el anuncio? ¿Le molestó que te lo comunicaran sin contar con ella?

—Le pareció bien. O no, pero no se opuso. De nuevo, tragó. Se limitó a admirar las vistas del Nilo que se divisan desde la suite. Metida en su mundo oscuro, como siempre.

—¿Y a ti? ¿Te dolió enterarte así? —Diana se inclina hacia la joven. Piensa en tomarla de la mano pero el gesto le parece ñoño, y desiste.

—No. Me confundió, me sorprendió, me fastidió. Dolerme, no. Asentí a todo y pensé que ya consultaría a un abogado cuando regresara a Barcelona. Era mayor de edad. Tendría algo que decir, en términos legales. Pensé que lo mejor sería disfrutar del crucero. Todo resultaba bastante pintoresco..., irreal. El ambiente, el barco, los pasajeros... Un sitio así es para no creérselo. Se dará usted cuenta cuando abandone el *Karnak*, cuando intente recordar lo que aquí ocurrió. Le parecerá haber vivido en una ficción, en un delirio que se disolvió en el aire. Así son los Laclau. Su existencia es un montaje, una farsa. Sólo el daño que hacen permanece.

—¿Estaba Roxana en el asunto?

—Supongo que sí, pero a su manera estrafalaria y romántica. Está loca, pero no es mala persona. Y a mí me dejaba en paz, porque no soy un hombre.

Diana intenta no parecer demasiado brutal en su siguiente comentario.

—El repentino fallecimiento de tu padre debió de resultar un alivio para ti.

Ismail se levanta, protestando indignado, pero su novia le acalla y le obliga a sentarse de nuevo:

—Lo fue, no voy a negarlo, pero sólo en parte. Era ella quien llevaba la iniciativa. Si lo que piensa es que maté a Oriol, eso no solucionaba el principal problema. ¿Qué iba a hacer, cargarme también a su viuda? Demasiado para mi corta edad. Y yo pienso en abogados, ya se lo he dicho. No contemplo el asesinato. Además, aquel día, el de la revelación, yo ya andaba enamoriscada de Ismail. —La mano que Dial quería acariciar se posa en el muslo derecho del guía—. Lo nuestro fue amor a primera vista, surgió en el aeropuerto de Luxor en cuanto nos vimos. Nos sentamos juntos en el avión que condujo al grupo a Asuán y, desde entonces... Nos apoyamos el uno al otro. Me desahogué con él en seguida, en un momento en que conseguimos escondernos en uno de los quioscos del templo de Isis.

—¿Qué ocurrió en Barcelona?

—Me distancié de Marga. Viajé a El Cairo en dos ocasiones, para ver a Ismail y conocer a su familia.

Son gente muy cálida. Cariñosa, sincera. Todo un cambio a favor, para mí.

—¿Por qué accediste a repetir el crucero?

—Es obvio. —Laia apoya la cabeza en el hombro del muchacho—. Puede que le parezca una crueldad, pero a pesar de todo lo que ocurrió en el otro, nosotros fuimos muy felices. Queríamos repetir la experiencia.

Permanecen en silencio, hasta que lo rompe Dial.

—¿En qué puedo seros de utilidad? Porque habéis acudido por eso, ¿no?

—En lo que a mí respecta, no tengo dudas. Haré lo que quiera, me casaré con quien quiera. Renunciaré al legado. No quiero ese dinero, ni la carga que comporta. No nos asusta ganarnos la vida. Pero Ismail necesita una recomendación. Ha presentado su tesis en la Universidad Folch i Torras de Barcelona, y he pensado que usted puede echarnos una mano para que le den una beca. La terminaría en mi ciudad, estaríamos juntos, Ismail buscaría un empleo. Al casarnos, obtendría la ciudadanía. Su familia está de acuerdo en que el hijo menor, aquel por el que todos han luchado, abandone Egipto y se labre un futuro en Europa.

—¿Os casaréis? ¿Aquí? —inquiere, súbitamente preocupada.

Laia, por primera vez relajada, se echa a reír.

—¡No es un secuestro, es un rescate!

—Es ella quien me salva a mí. —Sonríe el muchacho.

Hay tanto amor en ellos que Diana Dial no duda en comprometerse.

—Yo no tengo influencias, pero mi ex marido, sí. Y él nunca me niega nada. Dejadlo en mis manos.

Reconfortada, la pareja abandona el camarote.

XX

—¿Dónde te habías metido? —Roxana, debajo de su peluca blanca, parece un juez británico—. Esta noche no quiero perderte de vista. No quiero que te escaquees y bajes a tierra, aprovechando que nos hemos detenido en Edfu para repostar. De todas formas, dos empleados del barco montan guardia, por si al asesino se le ocurre escapar.

—He estado en la oficina de recepción, tenía que comprobar mi correo. ¿Todavía crees que a tu hermano lo mataron? ¿Tienes el resultado de la autopsia?

La otra la examina de arriba abajo. Omite responder a sus preguntas.

—¿Un vestido negro, ninguna joya, y un echarpe de terciopelo burdeos por toda alegría? Hija, estoy por mandar a Haggar a que traiga mi mantón de Manila para animarte un poco.

—No me encuentro bien.

—Debe de ser una plaga. El doctor Creus está en su camarote, automedicándose. ¿Le has pasado un virus? —inquiere, desconfiada—. Después de auscultarte a ti, o lo que sea que haya hecho, ha estado atendiendo a mi cuñada más de dos horas. Me he cruzado con él cuando salía de su camarote, y el pobre se veía a punto del desmayo. A veces me pregunto si no tendríamos que cambiar de médico... Bueno, si Hadi Sueni cumple su amenaza y tenemos que entregarle todas nuestras cositas egipcias, se impondrá una renovación total. Me han dicho que en la antigua Yugoslavia se encuentran sitios preciosos y baratos. Ay, con lo que me gustaba a mí pintar *nilinas*.

Gran parte de los invitados se encuentran en el salón-bar, conversando, aparentando una actitud normal. Dial y su anfitriona pasan al comedor, en donde Haggar está acabando de instalar a Lady Margaret en su sitio habitual. Extraño trabajo el del muchacho, subiendo y bajando escaleras con una discapacitada en brazos. Al cruzarse con él, la detective observa que el mozo parece radiante. ¿Tiene una cita con Joy? Bien por ella.

—¿Quieres que te baje mi mantón? —pregunta Roxana, sujetando a Haggar por el brazo—. ¿Un broche, unos pendientes?

—¿Por qué no una peluca? —Sonríe Diana, con cariño en su entonación.

Evoca las palabras de la madura, sensata, Laia: «Está loca, pero no es mala persona.» Tiene razón. O eso prefiere creer.

—Mañana hablaremos, Roxana. Has estado ocultándome cosas, jugando conmigo como el gato con el ratón. No, no quiero tus mantones ni tus joyas. Quiero la verdad. Mañana, en cuanto te despiertes. Desayunaremos juntas, y en esta ocasión iremos hasta el final.

Con una leve inclinación de cabeza, Diana se separa de la anfitriona y se dirige al fondo del comedor, en donde su amigo Fattush la espera, sentado a la misma mesa que ocuparon el primer día. ¿El primer día? ¡Ayer! Tan sólo ayer.

—La has dejado con la boca abierta —comenta el inspector.

—Y eso que no sabe de la misa la media. —Diana concede que, en inglés, la frase no resulta tan convincente como en su versión original.

—¿Qué quieres decir? ¿La mitad de una misa?

—Es una forma muy española de expresar que nuestra Lady no tiene ni idea de lo que acabo de conseguir.

Y se calla —un silencio significativo— dispuesta a que el otro, siguiendo su mutua costumbre, digiera la información, y le haga las preguntas pertinentes a su debido tiempo. Éste, cuando investigan juntos, constituye uno de sus juegos favoritos.

El libanés curva los labios, con ironía, y escancia vino en la copa de Diana, adelantándose al camarero que pretendía realizar la función. Cachazudo, se recuesta en el asiento, extiende su mirada alrededor, levanta su copa, y brinda:

—Por los presentes y los ausentes. —Acentúa su sonrisa—. Te habrás percatado de que falta uno.

—Se ha puesto enfermo, me lo ha contado Roxana. Le habrá entrado cagalera después de mi..., de nuestro interrogatorio. Como remate, el infeliz ha pasado media tarde entregado a los quejidos de la viuda. La expresión médico de cabecera debería cambiarse, en su caso, por la de médico de felpudo.

A la izquierda de Marga, el asiento del galeno se mantiene ceremoniosamente vacío. Al menos, la viuda no tendrá que someterse a sus olores corporales. Aunque quizá se haya acostumbrado. Puede que le gusten. ¿Qué sabe Diana de esa frágil mujer en cuyo interior, según Laia, se agitan emociones violentas y apasionados deseos? A su derecha, Roxana, melena albina y cuerpo envuelto en tules violetas, ornados con lentejuelas plateadas. Fuad el-Rashid y Hadi Sueni compiten en galas nocturnas. El primero, con una chaqueta de piel de tiburón y una camisa con pechera de encaje medio desabotonada de la que surge un pañuelo de terciopelo azul eléctrico tapizado con estrellitas plateadas; Diana observa que la capa de maquillaje que habitualmente le cubre el rostro es más espesa esta noche, y que el aplique capilar lanza destellos a tono con el rímel de sus pestañas. Sueni luce un esmoquin de seda adamascada cuyo color granate se confunde con el de los asientos. Cierran el círculo Farida y Raheb, que han sido autorizados a cenar en la mesa principal, y que se lanzan bolitas de pan y sonrisas estúpidas. Claro que están liados, es evidente. Dial decide que el viejo ídolo debe de tener cataratas, si no se apercibe del romance que se desarrolla bajo su techo.

Lulú Cartier, a quien no ha alcanzado la gracia de las cuñadas, permanece en una mesa aparte, enfundada en un traje de raso que marca sus curvas y muestra tres cuartas partes de sus pechos. Lo cual no parece impresionar a Pitu Morrow que, a su lado, saluda a Diana con el brazo derecho y una sonrisa entregada en su semblante.

Alfons Permanyer y Dolors Moltó cultivan su estilo conspirativo, cuchicheando en la mesa más cercana a la puerta: la peor colocada, representativa del desdén con que son tratados por las amas. Claudia, Laia e Ismail, situados junto a una ventana que da a la cubierta de babor, permanecen silenciosos. Sin embargo, desde la distancia, la periodista puede apreciar que la pareja desprende un halo de optimismo. Se felicita por lo que considera un logro suyo. Sí, llamará a su ex, a Lluís Brunet, alias *Viceversa,* y le pedirá una recomendación para el chico. Si es necesario, le hará una rebaja en su pensión mensual.

Fija los ojos en Moltó y Permanyer, escuálidos y grises, papel borroso al fondo de la reluciente estampa de otro mundo que entre todos componen.

—Ese par de sinvergüenzas —deja caer, en espera de que Fattush reaccione.

Al inspector no le queda otro remedio:

—Si no te muestras más específica...

—¿Ah, no lo sabías? Nuestra lacrimógena secretaria y el arqueólogo de pega robaron el astrolabio que perteneció, o eso dicen, a León el Africano.

Diana coloca su mano sobre el bolso rectangular, de seda y azabaches, que descansa a su lado, en la mesa.

—Aquí dentro tengo copia del correo que Jonathan Johansson, experto en antigüedades de Nueva York, ha enviado a Roxana, contándole la peripecia seguida por el mencionado instrumento de orientación espacial, desde que desapareció de las propiedades de Oriol Laclau, al poco de su muerte. La pista conduce a esos dos pájaros, sin ningún género de dudas.

—¡Vaya! —exclama el inspector, admirado—. Querían asegurarse el futuro para cuando llegara el despido. ¿Cuánto iban a sacar por ello?

—Nada, porque son imbéciles. Una pieza así no puede pasearse por los circuitos de subastas, aunque sean clandestinos. Llama demasiado la atención. Otra cosa es lo que Roxana y Marga deberían hacer con ella. Supongo que devolverla, con el resto de su colección, si Sueni se empeña en hacerse con la misma.

Ya están en el segundo plato, y Fattush sigue sin preguntar por sus descubrimientos. El hombre se concentra en el lenguado *meunière* que toca esa noche, separando la carne de la espina con desenfadada pericia.

—¿Qué tal tu encuentro con la hermana pequeña? —Por fin, Fattush abandona los cubiertos en el plato y centra su atención en ella.

—Querrás decir la hija. —Dial se explaya, contándole su conversación con Laie e Ismail.

—¡Vaya con los Kennedy de Cataluña! —comenta el inspector.

—No les falta detalle. —Sonríe la mujer—. ¿Qué le has sacado a Claudia?

—Nada. Esa mujer es... ¿Cómo te diría? Es una ausente. No es que no hable, es que no se entera. Vive encerrada en sí misma. Por supuesto, ni una palabra sobre que su hermana es hija suya y de Oriol. Te diría que esa mujer, que debe de haber sufrido mucho, especialmente por la forma en que fue anulada por los Laclau, parece haberse blindado con bótox más por dentro que por fuera.

—Eso concuerda con la versión de Laia... En fin,

no importa. En la trama que nos ocupa, como en la vida, Claudia Mollà ha sido una perfecta secundaria. No la veo con trazas de asesina. No me cosquillea el estómago cuando la examino.

Carraspea y hace una pausa. En vista de que el otro continúa callado, se lanza.

—Hay algo mejor. Y está también en mi bolso. ¡Una copia del informe forense!

Ahora el libanés la contempla, arrobado, y ella se sumerge en su amistosa complicidad. Por fin.

—No te lo muestro porque nos descubrirían.

Se seca delicadamente los labios Fattush, con la servilleta de hilo que lleva la K de *Karnak* bordada en hilo de seda.

—Sin embargo, lo habrás leído.

—Por supuesto.

—¿Quieren encargarme el postre o servirse del bufete especial? —les interrumpe un camarero.

Goloso, Fattush se apresura a levantarse.

—¡Quiero elegir! —exclama—. ¿Te traigo algo?

—Paso de postres. Soy mujer de principios, no de finales. Deberías saberlo.

Con solemnes andares, el policía se dirige al gran aparador —*déco,* naturalmente—, abarrotado de dulces, helados y frutas que un esmerado chef ha dispuesto en variados recipientes, dándoles caprichosas formas y rodeándolos de sorbetes de colores y fantasías decorativas hechas con chocolate y caramelo.

Desde su asiento, comprensiva como una buena madre, Diana le ve quedarse encandilado, le ve dudar, le ve escoger cuidadosamente, le ve cargar con un enorme plato. Ya en la mesa, el inspector se instala con majestuosa calma y procede a saborear los dulces. Entre una cucharada y otra va dedicándole comentarios sobre los distintos sabores, acompañados por jubilosos ronroneos. Cuando le ve apartar el plato, Dial considera que se acabó la tregua.

—¿Has terminado?

El hombre asiente, dichoso.

—Pues siento amargarte la digestión. Porque lo que consta en el informe del departamento de Medicina Forense del Hospital Clínic de Barcelona es que a Oriol Laclau i Masdéu no le asesinaron. Por lo menos, no se puede probar. Según su autopsia, falleció por paro cardíaco.

—¿Están seguros?

—Todo lo seguros que pueden estar, considerando que el cerebro y la sangre habían sido eliminados, ya sabes que es lo primero que se extrae para las momificaciones, el cerebro por la nariz, con una cucharilla... Dios santo, qué asco.

Hasta el templado Fattush frunce los labios, con una mueca de disgusto.

—¿Y los órganos? ¿Y los vasos canopos?

—Sólo el cuerpo, hecho una mojama con su corazón dentro, se mantiene bien. Les estafaron. A la familia, quiero decir. Pagaran lo que pagasen, las sales de natrón, o lo que fuera que tenían que usar como conservante, eran de segunda clase. Al abrir los vasos se han encontrado con simples calditos. Bueno, simples no. Pero para sacar alguna conclusión habrá que dedicarles todos los adelantos de la ciencia forense, cosa que, por mucha influencia que tenga Roxana, no van a hacer, ni en el Clínic ni en ninguna parte, si no hay una orden judicial de por medio que justifique los gastos.

El inspector se tira de la coleta, distraídamente.

—¿Cuándo le mandaron el mensaje, el de la autopsia?

—Ayer. Ya había llegado cuando embarcamos. Lo recogió de inmediato.

—Así que, en estos dos días que llevamos navegando, Roxana (y Marga, seguro) han sabido que no pueden demostrar que su pariente fue asesinado.

—De ahí su mal humor creciente —asiente Diana—. Menudo crucero inútil, qué estúpido embarque.

XXI

Horas más tarde, cuando la desazón de los acontecimientos recientes contamine el amanecer, Diana Dial pensará, antes de sumirse en el sueño —desparramando sobre la colcha las cuartillas—, que anoche presenció la escena más extraña de cuantas ha podido contemplar desde que Roxana la metió en esta historia, más insólita incluso que su encuentro con la momia de Oriol en el sótano de Luxor. La escena del cortejo en la nave de los locos, o el crucero del amor enfermizo, como también le gusta llamar a esta aventura compartida, quedará grabada en ella mientras le quede memoria, como síntesis de los días transcurridos en el Nilo.

Ahora se limita a vivirla, a formar parte como comparsa, como espectadora.

Componen una singular comitiva, dirigiéndose escaleras arriba hacia la cubierta superior del *Karnak*, con Lady Margaret —libélula de encaje beige y oro veneciano—, en brazos de Haggar, encabezando la marcha, y el resto de los pasajeros siguiéndola, en silenciosa procesión. Se dirigen lenta y mansamente, como en una alucinación, a la cubierta donde se desarrollará el recital a cargo de Faud el-Rashid en memoria de Laclau y para disfrute morboso de su viuda. Apenas se cumplen dos jornadas desde que iniciaron la travesía, pero el marchito transcurrir del tiempo a bordo del barco obra el prodigio de descarnarlos, de afantasmarlos, de diluirlos. Si desaparecieran en el Nilo —si Shobek, el dios cocodrilo, abriera sus fauces para devorarlos— la mayoría de los invitados, así como sus anfitrionas, se evaporarían sin dejar rastro ni llanto ni pesar detrás.

Quedan los jóvenes, se dice Diana Dial. Y nosotros. Aprieta el brazo de su amigo. Joy y Yara también.

—Qué lástima —susurra la detective—. Porque es una hermosa noche.

Fattush sabe a qué se refiere. Cuánto mejor sería quedarse a solas los dos en las hamacas, bajo las estrellas, pasándose información o avanzando teorías y recogiendo redes, germinando ideas el uno en el otro.

—Ánimo —dice él—. Esto es un sarcófago flotante, pero ya nos falta menos para encontrar la solución.

—Eso espero. De momento, los cabos están sueltos. ¿Es posible que me falte la inspiración, mi famoso, ejem, mi instinto, cuando más lo necesitamos? Instalémonos en algún sitio en donde pasemos desapercibidos, y desde donde podamos comentar sin ser escuchados. Y, por todos los dioses, encarga tragos fuertes. Buena falta nos van a hacer. Estos cantantes egipcios, cuando toman carrerilla, son casi tan interminables como los japoneses, aunque mucho más cercanos a nosotros, como es natural.

—Ah. En seguida vuelvo. —Fattush parece haber olvidado algo importante en su camarote.

Tras dejar a la detective apoltronada ante una mesa alejada de la barra —un semicírculo de madera dispuesto como un delantal en torno a la rechoncha chimenea— y preparándose, recelosa, para el transcurrir de la velada, el inspector se escabulle. Emerge poco después, con una botella de Macallan doce años en la mano. Dial la examina al trasluz.

—No puede ser la misma de anoche.

—No lo es —concede el otro—. Vine con suficientes reservas, tranquilízate. Todo lo que dejan pasar los píos aduaneros.

Una buena propina alquila la complicidad del camarero, que se apresura a traerles vasos y agua.

—Casi me mato —comenta el policía—. Qué manía con la limpieza. En cuanto el último de nosotros ha llegado aquí arriba se han lanzado a las escaleras, cargados de agua y detergente. Baldean más que en mi país, que ya es decir. No sé cómo no se les pudren los peldaños.

—Deben de utilizar un producto especial para maderas nobles —comenta distraídamente Dial, que lucha con el precinto de la botella.

Un foco se ilumina en lo alto del puente y, a su conjuro, surge Roxana, como una gigantesca muñeca de feria.

—¡Chissssssssst! ¡Callaos de una vez! ¡Silencio! ¡Qué mala educación! —trona, en pie junto a la barra, crecida por la utilización de un micrófono de mano, al que propina sincopadas sacudidas—. ¿Probando? ¿Probando?

Prosigue la falsa lady:

—Espero que el sonido sea perfecto, hemos traído expresamente el equipo. Ya sabéis que en este exquisito buque antiguo fabricado al vapor no se permiten actuaciones como en los cruceros ordinarios, que salen mucho más baratos. *Monsieur le Directeur*, que es un *amour*, ha accedido con placer a celebrar el maravilloso concierto de esta noche, y se ha puesto totalmente a nuestra disposición. ¡Un aplauso para *Monsieur le Directeur*! ¿Dónde se ha metido? ¡Foco, foco!

Un inesperado camarero comparece detrás de la barra del bar y, sosteniendo una lámpara de muchos voltios, se suma a la verbena, barriendo con su haz a los asistentes hasta dar con Seboso. Éste, de espaldas a los invitados, se encoge en una pequeña mesa portátil desplegada en un extremo de cubierta y encajada entre aparejos variados y la barandilla de cuerda de la borda. La concurrencia rompe a aplaudir y el hombre se incorpora: la luz se vierte sin piedad sobre la figura empequeñecida del director de crucero que, al girarse tapándose los ojos, deslumbrado, muestra su boca en plena masticación, e intenta cubrir con su trasero un plato, colmado con restos de la cena, que asoma sobre el comedero de emergencia.

—Nuestro bufón, nuestro lacayo —musita Diana—. Por Osiris, qué vergüenza. Supongo que comer como los amos es un privilegio que se le descuenta de la paga.

—¿Vergüenza? ¿La suya? —inquiere Fattush.

—No. La nuestra.

—No deja de ser un capataz. Un puesto muy envidiado. Piensa en cómo debe de tratar a los que tiene debajo.

—El entero sistema es una mierda. Brindemos por su caída. —Chocan sus vasos.

El chorro extra de luz se apaga, y otra vez Roxana es la única figura iluminada.

—Habíamos pensado que este acto divino se desarrollara como una ceremonia íntima —explica a muchos decibelios—, que nuestro queridísimo y admirado Fuad el-Rashid, en esta velada especial de homenaje a mi difunto hermano, el honorable Oriol Laclau i Masdéu, actuara únicamente para Lady Margaret y para Lady Roxana, es decir, *moi même*, ya que aquí la mayoría de vosotros, o más bien todos, no merecéis semejante distinción. Sin embargo, el propio gran astro legendario de la canción y del séptimo arte egipcios me ha confesado que prefiere cantar con público. ¡Así que dadle las gracias a él, aplaudidle! ¡Una ovación enorme para nuestro amigo Fuad, ídolo de las aglomeraciones!

Todos a una, excepto Diana, que tiene el vaso en la mano y prefiere lanzar juveniles aullidos de bienvenida, bajo la irónica supervisión del inspector, reciben al venerable cantante con aplausos tan sonoros y prolongados que bien podría ser que creyeran que les va en ello la vida. El vetusto caballero surge en la noche, rutilante como en las carátulas de sus viejos discos, engañosamente joven, flotando en el aire como un busto del ayer capturado por una burbuja de su glorioso pretérito: la luz del foco. Ésta se amplía cuando saluda con repetidas inclinaciones —no parece andar mal de flexibilidad para sus años, juzga Diana— y entonces, a sus pies, arrodillados en sendas alfombrillas, se materializan su hijo Raheb y su esposa Farida, cada uno con un instrumento. Raheb abraza un laúd, y la joven eleva graciosamente el busto y dispone las manos con agilidad para golpear un instrumento de percusión, la darbuka, conocido popularmente como tabla.

—Vaya —exclama, admirada, inclinándose hacia adelante—. Esto promete. Forman una unidad artístico-familiar.

Inicia Raheb el canto del laúd con un prolongado lamento, le replica Farida con un seco rebote contra el parche rematado en plata. La esbelta copa, decorada con arabescos e incrustaciones de nácar, se feminiza bajo sus palmas, se revuelve contra las plañideras notas de cuerda. Él avanza, ella ataca, él retrocede; ella vuelve a avanzar, él la inunda con una cascada de acordes, ella se detiene, con una monotonía agónica; finalmente se envuelven, se enlazan, se enroscan, prodigándose improvisadas armonías. Y entonces, dividiéndolos, separándolos, poniendo orden y estableciendo con claridad de quién es la canción, su territorio, Fuad el-Rashid proclama un «*Habibi*» descomunal, tenso, un alarido de barítono que se extiende en la noche como una cortina de lágrimas.

Se miran Fattush y su amiga.

—Es bueno —se entusiasma él—. Todavía es buenísimo.

Y saca su teléfono, listo para grabar.

Se olvidan ambos del whisky, de su conversación y hasta del aire nocturno, salpicado de agujas frías. Una canción, otra, otra más. Las baladas se suceden, siempre en la misma tesitura de melancolía. Raheb y Farida, enfebrecidos, parecen perseguir, con sus instrumentos, el futuro que se les escapa. Fuad canta a un pasado que se niega a regresar, canta a la juventud y la potencia perdidas, y al amor, siempre el amor, el ser querido que desapareció demasiado pronto, o que no reparó en el otro, o que sencillamente nunca existió. En un punto mágico de la música, el masoquismo de sus caminos se ha unido, el triángulo se ha hecho equilátero en aspiraciones y frustración. Y la música, triunfante, reina sobre los pasajeros.

Marga llora sin disimulo. «Éramos tan felices. Tú nos viste.» Diana evoca las palabras con que la viuda se dirigió a ella semanas atrás, cuando se reencontraron en la villa de Luxor. «Tú nos viste.» Les vio como ella pretende verse, perpetuarse. Este crucero, la música, su dominio sobre la hija de Oriol y Claudia, no son sino intentos de prolongación de aquella dicha, a fuer de representada, piensa Diana, más que dudosa. Porque toda refundación resulta traicionera y, cuanto más pretende ensalzar el motivo de su origen, más reduce su pretendida grandeza. Y el final del viaje al pasado, realizado por un personaje sin futuro, la propia Marga, será desolador...

Transcurren las canciones, hasta que El-Rashid da muestras de fatiga y canta la última. Luego saluda, agradece, vuelve a saludar y a agradecer. Sus acompañantes, impulsados por el mutuo deseo, rematan la faena con un apasionado dúo que acompaña a Fuad mientras éste se deja caer en un sillón, junto a Magda. Parece que le dediquen una despedida.

La viuda de Laclau se aferra con las dos manos al brazo del cantante, le besa las acartonadas mejillas, apoya la cabeza en su hombro. El anciano —es lo que parece ahora, finalizada la magia de su canto, extinguido el foco y con las luces de cubierta alcanzando a todos por igual— recupera poco a poco el aliento. Farida y Raheb recogen sus instrumentos y se sientan solos ahora en otra mesa, sin dejar de mirarse a los ojos, sumidos en la reciente embriaguez musical, lejanos.

—¿Puede decirse, amigo mío, que nos estamos divirtiendo? —pregunta Diana al inspector.

—Sin lugar a dudas —responde el otro, levantando su vaso—. Resulta difícil, no obstante, manifestar alegría cuando se vive en cautividad, en una embarcación como ésta y en permanente contacto con no pocas formas de vida parasitaria. No obstante, nuestro principal objetivo, que es la investigación en compañía, se desarrolla sin contratiempos. ¡Sólo llevamos dos días a bordo! Pronto escampará, no te preocupes.

—Tienes razón, no se puede vivir en un sarcófago sin que se le caguen a una encima los murciélagos. Por fortuna, nuestros pasajeros predilectos nos ofrecen razones para el optimismo. Olvidé decirte que mis informantes de Barcelona me han llamado para comunicarme que Laia y Claudia son lo que parecen, aunque en los círculos cercanos de las Mollà existían serias sospechas sobre la verdadera relación de las mujeres con Laclau.

Fattush no se queda rezagado:

—También mi amigo, el policía egipcio, se ha puesto en contacto conmigo. Confirma que Ismail está limpio como una sábana nueva puesta a secar. Y lo mismo ocurre con su familia. Gente intachable y trabajadora, y nada fanática en lo religioso. Hay tantas personas así en Egipto, tanto pueblo decente que podría construir un mundo mejor.

—De Hadi Sueni no hace falta que pidas informes, supongo.

Rebufa el libanés:

—No me los darían. Una risita cobarde, tipo tú ya sabes, es mejor no hablar. Es lo más que podría obtener. Por otra parte, ya conocemos el prototipo. Corrupto de altos vuelos, con amigos en lo más elevado del poder, pero también rastrero, en su codicia. ¿Algo sobre tu rockero de los ochenta?

Dial asiente:

—Pitu Morrow también está limpio. Desde el punto de vista delincuente, debo decir. El parte médico no resulta tan favorable. Carácter inestable, incapacidad para terminar lo que inicia, inmadurez crónica... Ciclotímico. Empezar de nuevo, lo que mejor se le da. Lo pasó muy mal hace año y medio, algo relacionado con su hija. Intento de suicidio; él, no ella. Lavado de estómago, y a casa. La chica cuida de su padre, y trabaja en empleos temporales. Carecen ambos de una existencia sensata, de raíces sólidas. Pero se apoyan y salen adelante. Quienes les tratan les tienen simpatía, aunque creen que la hija es más madura que el padre.

—¿Te ha entregado ya lo que tiene escrito sobre Oriol?

—No, se lo pediré luego...

Su charla se ve interrumpida por el paso, junto a su mesa, de un Fuad el-Rashid que se retira, majestuoso, y se dispone a descender la escalera que conduce a la cubierta intermedia. Le quedan dos tramos de peldaños, pero parece preferirlos a continuar en la fiesta. Tanto Diana como Fattush le dedican un aplauso silencioso y él, agradecido, les corresponde con una húmeda sonrisa.

—¿Por dónde íbamos?

Intenta Dial retomar el hilo de la conversación, pero un barullo repentino en la mesa de las anfitrionas se lo impide. Roxana se ha puesto en pie, retirando su sillón con estrépito y volcando varias copas de un manotazo. El sonido de cristales rotos pronto queda ahogado por sus gritos roncos:

—¡Miserables! ¿Cómo os atrevéis? ¡Deberíais besar el suelo que pisa! ¡Es él quien os da de comer! —brama la mujer.

Lleva torcida la peluca y, desde su sitio, Dial advierte que sus rojas mejillas indican un alto nivel de alcohol bajo la línea de flotación.

Los invitados se levantan para contemplar la escena, entorpeciendo la visión. Fattush y Diana abandonan la mesa y se abren paso entre la gente, circunstancia que la detective aprovecha para endilgarle un codazo a Lulú Cartier mientras musita un farisaico «perdón». Al llegar al lugar de autos, comprueban que son Farida y Raheb, temblorosos, quienes reciben la implacable bronca de Roxana, que continúa soltando denuestos de mesa a mesa:

—¡Maldición! ¿Cómo permitís que Fuad baje solo a su camarote? ¡Dos pisos, después del esfuerzo que acaba de hacer, ofreciéndonos su obra magna! ¡Hala, abajo! ¡Abajo, si no queréis volver a casa en camello!

Remisos, el hijo y la joven madrastra buscan simpatía entre los presentes, pero nadie se pronuncia. Tras consultarse con los ojos se precipitan hacia la escalera. El silencio es tal que se pueden escuchar los ruidos amortiguados que llegan desde Edfu —el runrún de un generador, aullidos perrunos—, mientras los invitados vuelven a sus asientos.

—Sentaos aquí —ordena Roxana.

Fattush y su amiga obedecen de buen grado. Se le ocurre a Dial que, si las cuñadas formaran una pareja de payasos, no cabe duda de que Roxana sería el *clown* y Marga el patético Augusto.

—Dime, tú. —Se encara la falsa lady con la periodista—. ¿Tengo razón o no?

—Toda —otorga Dial—. Careces de modales, pero no te equivocas. Ha pasado por nuestro lado antes de irse. El pobre viejo casi no se aguanta en pie.

—¿Qué viejo? —interviene Marga que, saliendo de su romántico letargo, bate las pestañas para despejar de llanto el azul porcelana de sus pupilas.

Calla Diana, dando por inútil cualquier intento de conversación mínimamente realista.

—Ha sido divino —añade la lady auténtica, sin dejar de parpadear—. Un recital a la altura de mi Oriol. Lástima que él no esté aquí para verlo.

Roxana frunce el ceño y abre la boca, pero en ese preciso instante surcan la noche dos gritos prolongados, desgarradores, dos notas altas encadenadas con la misma traza con que, poco antes, los dueños de las gargantas que los profieren entrelazaron sus respectivos instrumentos, en amoroso dúo.

Los invitados se miran, desconcertados. Marga hace como que no se entera y agita los dedos en el aire, acompañando una melodía que sólo ella percibe. Fattush y Diana se ponen en pie.

—¡Sin pérdida de tiempo! —grita la detective.

Y echa a correr hacia la salida, seguida por el inspector.

Cuando llegan a media escalera se percatan de lo ocurrido. Al pie de los relucientes escalones, el cuerpo de Fuad el-Rashid aparece en el suelo, en forma de zeta, con el último peldaño como almohada y el mazacote de cabello negro tinta alborotado como una vieja palmera. Tiene los ojos abiertos y fijos, la mandíbula caída. A su lado, Farida y Raheb, abrazados, sollozan.

—¡Cuando hemos llegado ya estaba así, lo juro! —grita la joven—. ¡Muerto, mi amado Fuad!

Y oculta el rostro en el pecho de su hijastro. Éste se encara con la mirada de Fattush:

—No creerá que yo, que nosotros...

El libanés se encoge de hombros:

—Eso no me concierne, es cosa de vuestra policía. Pero mi amiga sin duda tendrá algo que decir al respecto.

Dándose por aludida, Diana se arrodilla y examina atentamente al muerto.

—Aparentemente, y a falta de un examen forense —aventura—, parece que se ha caído, se ha roto el cuello al dar contra el último escalón y que el tupé, contra todo pronóstico, era suyo. Aunque bien podría ser que... Fattush, ¿te importaría impedir que se acerquen?

Señala la cubierta superior. Algunos invitados empiezan a atreverse a bajar.

—Tendrán que quedarse en su sitio hasta que levanten el cadáver —indica, rápida—. Cálmales, diles que ha sido un accidente. ¡Pero no les ofrezcas el Macallan! Ponlo a buen recaudo, que me temo que esta noche lo vamos a necesitar.

—¡Paso! ¡Dejadme paso! —grita Roxana.

Ninguno de los dos está preparado para detenerla. Como un torbellino de tules violeta, ya se ha lanzado hacia ellos, con la pretensión de arrojarse sobre el cuerpo y, la detective lo ve venir, montar una escena. Encogiéndose de hombros, el inspector desaparece en la cubierta superior.

—¡Oh, no! ¡Él también! —exclama la anfitriona, teatral, señalando el evidente cadáver—. ¡Marga no podrá soportarlo! —Se vuelve hacia Farida y Raheb—. ¡Os dije que no le permitierais bajar solo! ¡Caiga su sangre sobre vuestras conciencias!

Ágilmente, Dial se incorpora e interpone su cuerpo entre la falsa lady y el muerto. La toma por los hombros:

—Necesitaré toda tu serenidad —miente—. Todo tu poder.

Halagada, la otra se tranquiliza y se afirma la peluca, con su peculiar volubilidad.

—¿Qué puedo hacer? —se ofrece.

Sonríe Diana.

—Lo que mejor se te da: controlar. Para empezar, ordénale a Seboso que avise a las autoridades.

—¿A quién has dicho?

Se lo explica. Roxana se aleja y Diana, todavía en posición de vigilancia, se cruza de brazos y contempla, severa, a Raheb y a su madrastra y, posiblemente, amante. Y también viuda, cae en la cuenta. La tercera, a bordo.

De arriba llegan las voces de protesta de los pasajeros y las órdenes secas de Fattush, plenas de autoridad. Luego, murmullos. Volviendo a fijar su atención en lo que queda del cantante, la detective advierte que, más allá del rímel corrido, sus ojos ofrecen la expresión de asombro ante la muerte que ha visto con anterioridad en otros cuerpos rotos, lo mismo en las guerras en las que trabajó como reportera que en las batallas privadas que visita como detective. Quizá éste se sentía particularmente inmortal.

—¡Otro muerto en el *Karnak*! —clama a su lado, inconfundible, Hadi Sueni.

El director de Antigüedades, que comparece acompañado por su Cartier, no parece sorprendido ni descompuesto. Se limita a subrayar lo obvio, como antes ha hecho, a su manera, Roxana.

—¿Qué hacéis aquí? —Instintivamente, Diana mira escaleras arriba. No les ha visto bajar.

—Venimos del baño —explica él, señalando hacia popa—. A Lulú le gusta sentirse en la intimidad del suyo, y la he acompañado a su camarote. ¿Qué ha pasado?

Antes de que Diana pueda responderle vuelve Roxana, arrastrando a Seboso.

—¡Oh, tú, maldito! —Furiosa, la anfitriona agarra a Sueni por las solapas de su esmoquin y lo sacude—. Haciéndote cargo de todo, ¿no? ¡Como en los viejos tiempos!

Por suerte, *Monsieur le Directeur* reclama su atención para anunciar, tras un convencional carraspeo, que ha avisado a las autoridades.

—¡Otro muerto en mi barco! —añade el hombre, y ya son tres los que han constatado lo innegable. Algunos lagrimones se mezclan con el sudor de su semblante congestionado—. Si corre la voz, ya podemos despedirnos de visitantes. ¡La compañía que gestiona el buque se trasladará al Misisipi, y yo perderé mi empleo!

La detective le observa con severidad:

—Estamos hablando de la vida de un hombre.

Nuevo carraspeo.

—Desde luego, señora. ¡Un ídolo, adorado por el pueblo! —Seboso se apresura a asentir—. En tierra están desolados. Al mismo tiempo, comprenden el gran honor que supone para ellos hacerse cargo de los despojos de esta gloria patria. Edfu pasará a la historia por haber sido el lugar desde donde Alá quiso llevarse a uno de sus hijos predilectos.

—¿Podemos... retirarnos? —pregunta Raheb tímidamente.

Los dos únicos familiares presentes parecen los menos afectados por la situación. Se diría que están deseando quedarse solos para echar cuentas. Demasiado evidente, piensa Diana. No pueden haberle matado ellos. El hombre era muy mayor, las escaleras habían sido limpiadas poco tiempo atrás... Un accidente.

—Podéis retiraros hasta que lleguen las autoridades. Pero sin salir de vuestros camarotes —decide Dial.

Lulú Cartier también se retira, alegando hallarse indispuesta, pero Sueni no se mueve:

—Mi presencia puede resultar determinante —aduce— para que las diligencias sean ejecutadas con la mayor precisión y rapidez posibles.

Roxana se exaspera.

—Oh, Dios, no te soporto. —Pero cambia pronto de argumento—. La sensible Marga... Me pregunto cómo encajará esta nueva pérdida. Sigue arriba, espero que el querido Fattush esté cuidando de ella. ¡No encuentro a Haggar por ninguna parte!

—¿Y nuestro doctor? —Se interesa Sueni—. Quizá bastaría con que él firmara el certificado de defunción.

—De ninguna manera. —Se impone Diana, mirando a su amiga—. Ya está bien de martingalas. Vamos a dejar que un forense local se encargue del asunto. Además, el médico de esta familia ha enfermado.

—¡Coño! —Roxana se da un golpe en la frente—. ¡Me había olvidado de Creus! ¡Tanto trajín la vuelve loca a una! Se ve que hay una especie de virus, una cosa del estómago. Primero ha caído aquí la periodista, y luego el doctor. Se le pasará pronto, espero, igual que a ti.

Dial mueve la cabeza, dubitativa. Si lo suyo ha sido falso, ¿por qué no puede ser también un truco la inesperada indisposición de Joan Creus?

—¡Va a ser un entierro multitudinario! —comenta Sueni—. Era muy amado por el pueblo. Y por el Jefe del Estado.

Se sumen los tres en un mutismo sólido. Diana, cansada, se quita las sandalias y deja que la fría y húmeda madera le alivie el dolor de pies.

XXII

—Bueno, al menos esto se ha terminado. Y este muerto no era nuestro —comenta Fattush, aliviado—. ¡Cuando le cuente a mi madre que le llevo como recuerdo lo último que Fuad el-Rashid cantó en su vida!

Ocupan sendas hamacas en la cubierta superior, en la que ya no quedan rastros de la insigne velada, lamentablemente corolada por el fallecimiento del cantante. Muerte instantánea por impacto en el bulbo raquídeo, ha diagnosticado el médico egipcio que acompañaba al alcalde y al jefe de policía de Edfu, poco antes de autorizar el levantamiento del cadáver. Interrupción súbita de la transmisión de impulsos de la médula espinal al cerebro. Paro cardíaco. Otro, no puede evitar decirse Dial.

Aunque cansados, el inspector y la detective no se privan de disfrutar de su mutua compañía, tras recuperar la botella de whisky que Fattush había confiado a la custodia del camarero a quien tiene engatusado con sus propinas. En un momento dado, Diana, que sigue descalza, se arroja un chorro de Macallan en la planta del pie izquierdo.

—¿Qué haces? ¿Costumbre española? —inquiere el hombre.

—Me he clavado algo, no es nada. —Se limpia con un kleenex la invisible herida—. Creo que nunca más podré volver a pasearme tranquilamente por el Nilo...

—¿Descalza o en sentido figurado?

—Ni descalza ni con zapatos. Esto apesta a delito.

—¿Por un muerto o dos te pones así? Amiga mía, éste es un río hecho para la eternidad.

—A causa de los vivos, Fattush. Son los vivos quienes me producen escalofríos. ¿Estás seguro de que lo de El-Rashid no nos atañe?

—Aun en el caso de que no se trate de una muerte accidental, de que Raheb o Farida, o los dos, llegaran a tiempo de pillar al viejo para darle un oportuno empujón... No veo que nos concierna.

—Hay algo sobre lo que no dejo de dar vueltas desde que he visto el cadáver.

—¿A qué te refieres?

—No ha gritado. Hemos oído el doble grito de sus parientes, pero Fuad El-Rashid no ha gritado mientras se precipitaba hacia su muerte. Y eso es lo primero que uno hace tanto si le empujan como si resbala y se cae, algo que en principio no he descartado, dado que poco tiempo antes la escalera había sido baldeada. No ha gritado, insisto. Y nuestro supuesto accidentado acababa de demostrarnos que se hallaba en plena posesión de sus facultades como barítono.

Cuando Diana Dial sale de su profundo sueño, el sol penetra ya por los resquicios de la persiana veneciana. Su reloj de pulsera, en la mesita de noche, marca las diez y cuarto. Tarde para los horarios a bordo y para el despliegue de luz meridional, que propulsa la actividad en el barco desde el amanecer. Esta mañana apenas se escuchan los sonidos propios de esa hora. El *Karnak* continúa anclado en Edfu.

Poco a poco, lo sucedido durante la intensa jornada anterior se despliega ante la detective, dividiéndose como piezas de antigüedades que aguardan ser colocadas en las vitrinas que les corresponden. Las conversaciones que mantuvo por la tarde con el médico, con Laia e Ismail, con Haggar. El concierto de El-Rashid y su sospechoso fallecimiento. El animado grupo que se formó, en las primeras horas del nuevo día, entre funcionarios y enfermeros que rivalizaban en sollozos y muestras de fervor, para conducir al difunto hacia una ambulancia. Farida y Rashid, extrañamente desamparados, abandonando la nave tomados de la mano, sin que nadie les hiciera caso. ¿Le empujaron ellos? Diana frunce el ceño. En esta muerte hay algo importante que se le escapa. Lo que ocurre es que, en este momento, son tantos los pellizcos que se acumulan en su estómago que le resulta difícil distinguir cuál de los variados enigmas que la rodean se lo provoca.

Echa mano al bolso que dejó en la cama la noche anterior, demasiado fatigada para controlar su desorden. Al moverse, unas cuartillas resbalan. Asoma la nariz desde el alto lecho con cabecera de latón y ve que la alfombra está cubierta de papeles. Pitu Morrow. Esta madrugada, al regresar por fin a su camarote después de su charla en cubierta con Fattush y el señor Macallan, se encontró con un sobre, con el membrete del *Karnak* estampado en el dorso, colocado cuidadosamente encima de su almohada: «Para mi ídolo pop, con admiración. P. M.» Alguno de los camareros lo habrá dejado aquí, se dijo, o quizá Joy.

Recuerda la ex reportera que el sueño la venció apenas leída la última frase de las inconexas introspecciones. Faulkner con LSD, recuerda también que pensó, antes de sumirse en el sueño, preguntándose cuánto había de verdad en el oscuro relato introspectivo de Morrow. Recupera rápidamente las cuartillas, las hojea hasta dar con el único párrafo que le interesa, de cara al caso.

Raza de canallas. ¿Podía haberlo evitado él, de haberse comportado de modo menos complaciente, de no encontrarse esa noche en poder de fuerzas incontrolables —sus demonios, deshaciéndole, comiéndole las tripas— que le atraían desde el subsuelo de su conciencia? ¿Alguien puede acusar a un hombre que se hunde de aferrarse a un madero podrido, y que ese madero resulte ser su propio brazo, su propio corazón superviviente de tantas dentelladas? No podrás olvidar mientras vivas esa escena que nunca presenciaste, la casa grande y vacía —ella, ¿dónde estaba ella?—, y el poderoso, el dueño, mi Némesis, sentado detrás de su mesa de despacho, todo amabilidad, todo propuestas, hasta que puso sus manos sobre ti, puso tu cuerpo sobre ti, te poseyó mientras el hombre herido, el hombre hundido que le ha conocido bien, se refocilaba en su soledad y en su caída, intuyendo la consumación de su último acto supremo de miseria, Judas se hizo padre y habitó entre nosotros, el de entregarle aquello que más amaba. Y cuando lo que más amaba regresó, el hombre hundido, el hombre herido —ahora ya sí, para siempre—, el hombre caído leyó en su rostro, en el pequeño y dulce rostro de la virgen cuya protección había asumido hasta el fin de los días, la escena intolerable, imperdonable, la escena que no había presenciado, y supo que nunca podría perdonarse.

El resto del escrito no va más allá de ser un curioso apunte que refleja el desarrollo de una neurosis.

Igual de delirante que el párrafo en cuestión, pero con menor sentido para la periodista.

Golpes en la puerta. Es Joy, que abre utilizando su propia llave, con Yara en su canasto. Dial se apresura a despejar su cama, colocándolo todo, bolsa y papeles, en el lecho gemelo, y pide:

—Déjamela un rato, quiero olerla.

Hunde su nariz en los rizos de la niña, le hace cosquillas, juega a quitarle y ponerle el chupete entre los labios. Un paréntesis limpio que la tranquiliza.

—Qué ganas tengo de largarme de este barco —suspira.

Observa que Joy no parece coincidir con ella.

—¿Algún problema? —se interesa Diana—. ¿Es que no deseas regresar a tu fabulosa vida en Abu Daoud, volver a cubrir tu cabellera con el *hiyab* y trabajar para Ahmed y su familia? ¿Tiene tu esquiva actitud ante la perspectiva hogareña algo que ver con un apuesto joven llamado Haggar?

Se sienta la filipina en la cama contigua, satisfecha:

—Haggar es muy buen chico y me gusta, pero sólo para unas vacaciones, aunque no me importaría que duraran algo más. Acordamos quince días, ¿no?

—Yo no voy a devolverte a tu marido antes del plazo convenido, querida. Por mí, si mañana mismo salimos de este mausoleo flotante, puedes pasar el resto de ese tiempo con tu Haggar y en donde te plazca. Mis labios están tan sellados como los de la Esfinge. Por lo demás, si lo que deseas es desaparecer de Egipto y dejar de disfrutar de las delicias del agobio familiar, ya sabes que puedes contar conmigo para acompañarme, con la niña, a dondequiera que vaya.

Yara, como si reaccionara a la propuesta, se echa a llorar bruscamente. Su madre la toma en sus brazos, se desabotona el uniforme y enchufa la pequeña a su pecho izquierdo.

—Esa seguridad me da confianza —replica Joy—, pero no creo que haya que forzar al destino. Ya le he dicho, no son más que vacaciones. Para usted, este barco está lleno de muerte y de maldad, por eso tiene los presentimientos en el estómago y no ve la hora de irse, pero para mí supone un cambio muy agradable. Trabajo menos que en casa, y lo paso bien con las otras chicas, siempre parloteando y criticando. En compañía de usted, además, qué le voy a contar que no sepa. Y, bueno, Haggar. Quiere confiarle algo más. Algo que vio anoche.

—¿Anoche?

—Después del concierto del desdichado señor Fuad.

—Hay que convocarle, y ya —ordena.

La otra espera a que la niña deje de alimentarse.

Luego la coloca sobre su hombro, le da palmaditas para incitarla a eructar y, con parsimonia, la coloca en el canasto, en la cama. Sólo entonces saca su teléfono del bolsillo del delantal y se pone en contacto con el sirviente.

Cavilando sobre las prioridades de la joven —su hija, en primer lugar. Y ella: ¿antes o después de Ahmed?—, Diana marca el número de Fattush en su propio móvil egipcio.

—¿Estás despierto?

—Desde hace rato. Me ha llamado mi mujer para saber cuántos días más pienso quedarme.

—¿Y qué le has dicho?

—Misión secreta, imposible determinar el tiempo que me ocupará, Egipto es un país muy complejo, y el tráfico es caótico incluso en el Nilo.

—¡Perfecto! Ven en seguida —dice Dial, triunfante—. Presiento que hoy será un día formidable para nosotros y pésimo para el culpable. Estoy confusa, pero algo se mueve. Sólo debo averiguar qué.

La niña se ha quedado dormida. Acompañada en el cuarto de baño por Joy, que no deja de parlotear sobre las otras doncellas, la periodista se ducha aceleradamente.

—... y dicen que, aunque parece tan buena y tan santa, cuando se enfada, todos, incluida su cuñada, se esconden bajo la cama... Como le toquen sus medicamentos... Eso es lo que menos soporta, se pone hecha una furia cuando echa alguno en falta.

Diana aparta la cortina y, enjabonada de cabeza a pies, pregunta:

—¿Qué has dicho?

—Lady Margaret. Sus doncellas afirman que tiene un carácter difícil. Claro que la buena mujer, con esa cruz que Dios le ha dado...

—No, no. Lo otro, lo de los medicamentos.

Joy abre mucho los ojos, con esa sorpresa que en ella precede siempre a emociones fuertes: miedo o regocijo. En Beirut, cuando había atentados, era el temor lo que aparecía después de su expresión de asombro. En esta ocasión le toca maravillarse porque a su jefa se le ha encendido una lámpara en la cabeza. O en el estómago.

—¡Los medicamentos! —repite Joy, riéndose como si acabara de contar un chiste.

Le encanta sentirse parte del misterio que Diana trata de desentrañar. Ésta le dirige un expresivo gesto árabe —la mano derecha formando, con los dedos unidos, una piña—: espera. Se enjuaga rápidamente, sin correr la cortinilla, y salta de la bañera.

—¿Qué te han dicho? ¿Qué es lo que ocurrió? —Apenas contiene su impaciencia, mientras se cubre con el albornoz que Joy le tiende.

Sentadas en la cama, una junto a otra:

—Tabia me ha contado, y Halima se ha apresurado a confirmarlo, que las veces en que Lady Margaret echa en falta alguno de los medicamentos que lleva siempre en su bolso, el cual se habrá fijado usted que no abandona, según ellas ni para dormir... Pues eso, que se pone como una salvaje, y que menos mal que está impedida, de lo contrario seguro que las azotaría. Pero les arroja por la cabeza lo que tiene a mano: lámparas, jarrones, despertadores...

—¿Y esas desapariciones de medicinas se producen muy a menudo?

—Por suerte, no. Supongo que por eso son tan sonadas. Ayer estuvieron recordando lo que ocurrió en este mismo barco, en el crucero del año pasado. Dicen que nunca la habían visto ponerse así, y que su difunto marido tuvo que contenerla. «¡Mis calmantes!», gritaba, sin parar, convertida en una salvaje. Derribó la mesilla de noche de un empujón, ¡y eso que parece débil! Por lo visto sufre dolores muy fuertes de articulaciones y de huesos. Puede que esconda drogas en el bolso. Drogas prohibidas. Morfina. ¿No es morfina lo que se usa contra el dolor?

Y abre aún más los ojos, sobreactuando.

—Es muy probable —asiente Dial—. ¿Qué te ha dicho Haggar?

—Viene hacia aquí.

Fattush también. Él y Haggar llegan al mismo tiempo. El criado le echa a Diana una mirada valorativa —de experto en maduritas cubiertas por albornoz—, pero el inspector se empeña en clavar sus ojos en los suyos y no pasar de ahí. Dial le sonríe con ternura, agradeciendo su muestra de respeto.

—¡Novedades! —proclama—. Luego te cuento.

Y dirigiéndose a Haggar:

—Vamos, vamos, criatura. Dime qué viste anoche.

El gesto de sorpresa del inspector se ve respondido con una mueca de «Ahora verás», que la detective expresa con satisfacción más que visible.

Haggar, con un movimiento ampuloso de brazos, que pone de relieve la amplitud de mangas de su camisa de seda blanca, empieza:

—La pasada noche, después de cenar con el resto de la servidumbre y los empleados del barco, tuve que trabajar con los equipajes. Mis ladies pasan el día cambiándose. Aunque las doncellas son eficaces, mi tarea de supervisor me obliga a no dejar nada al azar, como ya les conté en la anterior ocasión en que nos reunimos. En cualquier momento pueden solicitar una u otra prenda, incluso varias, y eso requiere que todo el material se encuentre en su sitio, al alcance de la mano. Como terminé pronto mi tarea, que implica gran responsabilidad, telefoneé a Joy para ofrecerle —aquí, una sonrisa para la joven, cuya respiración se acelera como siempre que habla Haggar, aunque disimula jugueteando con los bordes del canasto en donde duerme Yarita—, en fin, para acompañarla a ver la sala de máquinas, en cuya contemplación nuestra amiga había expresado cierto interés.

Oh, Dios santo.

—Acelera, hijo. —Diana cabalga una mano sobre otra y simula golpecitos de galope.

—Antes de acudir, ansioso, a mi cita con ella, pensé en asomar la cabeza por la cubierta superior, para ver cómo iba el asunto, porque igual se estaban preparando ya para bajar, en cuyo caso mis deseos se verían defraudados de forma inevitable...

—¿Y bien? —No está hoy la periodista para circunloquios a lo Sherezade.

—Como usted sabe, los tres compartimentos destinados en exclusiva a los equipajes de las señoras se encuentran en el centro de la cubierta inferior, separados de la zona salón-bar-comedor por el pasillo. Tengo la costumbre de utilizar la escalera de estribor, que queda cerca de esos camarotes, pero esta vez utilicé la de babor, pensando que así pasaría más desapercibido al sacar la cabeza, pues dicho conducto queda, no se les escapará, alejado de las mesas, en la zona en donde se encuentran las hamacas.

—¿Y bien? —Es Fattush quien ahora intenta acelerar al mozo.

—¡Y bien! —Haggar sigue, impasible, disfrutando con su narración y con el efecto que ejerce sobre la fascinada Joy—. Me proponía realizar dicha inspección a toda prisa, pasando por la cubierta intermedia sin detenerme. Pero hete aquí que, cuando me aprestaba a ascender el segundo tramo, con objeto de avistar en qué momento se encontraba la celebración y si mi presencia iba a ser requerida de forma inminente por mis amas, hete aquí, repito, que un sonido inesperado vino a detenerme. Un sonido sordo, como el que produce un bulto al caer, un bulto envuelto en ropa, nunca una maleta. Pensé, sin reflexionar demasiado, que podía haber dado en el suelo uno de los taburetes del bar, cuyo asiento forrado de terciopelo podría haber causado tal ruido. Mas ello no fue todo. Casi de inmediato me sorprendió un deslizarse de pisadas cautelosas, el revuelo de una túnica que apenas entreví... En un santiamén semejante intrusión, quizá fantasmal, quizá imaginada, desapareció.

—¿En qué dirección? ¿Proa, popa?

—No sabría decirlo. Duró el tiempo de un suspiro. Y yo, conducido por la exaltación de mis afanes, perdido en el ensueño de encontrarme con Joy, bien pude sufrir una desorientación espacial.

—Ya, pero algo viste. Un revuelo, has dicho. ¿El fragmento de la túnica de un camarero, de un salto de cama, de una bata de estar por el camarote, de la falda de un vestido de noche?

—No sabría decírselo. Fue como una ráfaga de viento, un visto y no visto, un es y no es.

—¿De qué color?

—Eso también lo ignoro —responde, contrito—. No había mucha luz en la cubierta intermedia, como ustedes mismos pudieron apreciar cuando bajaron y, bueno, se encontraron con lo que yo había oído caer: ¡Fuad el-Rashid! ¡Quién hubiera podido imaginarlo! ¡Nuestro cantante eterno, Fuad el Inmortal, el Bienaventurado, el Glorioso!

—Me sorprendes —insiste la detective, severa—. ¿Ningún detalle? ¿Nada? ¿Alguien tan observador como tú ni se enteró?

—Nada —se reafirma el otro—. Mi pensamiento, ya le digo, se hallaba completamente ocupado por la perspectiva de volver a ver a Joy. Cuando ocurrió, apenas reparé en el incidente. Lo pensé después, se lo conté a nuestra común amiga, y ella comprendió que usted debía saberlo.

Irónica, Diana comenta:

—Espero que, al menos, le enseñaras bien tu sala de máquinas. Una última cuestión, Haggar. ¿Sabes qué medicamentos guarda Lady Margaret en su bolso?

Niega con la cabeza.

—¿Y no tienes forma de averiguarlo?

—No suelta el bolso ni dormida.

—Sabemos que, al menos en otra ocasión, le ha desaparecido alguna medicina.

—Les aseguro que yo no fui.

—Nadie te acusa de nada —dice Diana—. Pero dime, ese robo tan sonado que registró en su bolso, en el otro crucero, ¿recuerdas cuándo se produjo? ¿Qué momento, qué día?

—¿Cómo podría olvidarlo? ¡Con la bronca que nos pegó, nada más despertar! Fue el mismo día en que el amo, Dios alabado y piadoso le tenga en su gloria, no salió vivo de su siesta.

Cuando los jóvenes abandonan el camarote, esta vez cargando él con el canasto y la niña, la detective pregunta a Fattush:

—¿Le crees?

—Algo debió de ver. —Pensativo, el inspector se tira de la coleta—. Y no lo cuenta todo.

—¿Qué querrá? ¿Dinero?

—O mantener el interés. Me parece que se toma demasiado en serio su papel de narrador oral. Puede que tema perder su empleo. Esta familia esconde no pocos asuntos lamentables. Los criados tienen que conocerlos o, al menos, intuirlos. Pero ver, oír y callar sigue siendo la mejor fórmula para que no le echen a uno. Aquí, en Egipto, y en el mundo.

—Bien, sí... Eso supongo. ¿Qué piensas hacer en lo que resta de la mañana? —se interesa Dial.

—Iba a proponerte que tomáramos el sol en cubierta. No lo hemos hecho aún, y me ilusiona. No creo que nunca más tenga la oportunidad de viajar en el *Karnak*.

—Hazlo tú, yo no puedo. He decidido que el de hoy sea nuestro día decisivo. No podemos seguir mareando la perdiz.

—«Haz que las cosas ocurran», que dicen los anglosajones.

—Eso es.

—¿Puedo echarte una mano?

—Desde luego. —Diana abre un cajón de la cómoda—. ¡Aquí está!

Es una cámara digital.

—Quiero que hagas fotos de todo el barco.

—Puedo usar mi teléfono.

—Demasiado discreto. Incluso esta cámara me parece pequeña. Nos iría menor mi Nikon con su teleobjetivo, pero la dejé en Luxor. Quiero que te vean hacer fotos y tomar notas. Ponte aparatoso, por favor. ¿Llevas cuaderno?

El inspector señala su cráneo:

—Todo lo retengo aquí.

—No me vale. —Le alarga uno de los suyos—. Necesito que montes el número del detective que sigue una pista. Que el asesino, o la asesina, se sienta en peligro.

Y le cuenta el resto de su plan.

XXIII

La hora del almuerzo vuelve a reunir a las anfitrionas y sus comparsas en el comedor. Como hicieron el primer día, Fattush y Diana se encuentran ya en la barra del bar, disfrutando de sus respectivos dry martini y negroni, e intercambiando opiniones en voz alta a medida que los otros desfilan hacia el interior. Sueltan comentarios como:

—¡No me lo puedo creer! —Fattush, señalando la pantalla de la cámara digital.

—¡También yo tengo pruebas —Diana, eufórica—, y ha sido más fácil de lo que esperaba!

Él:

—¡Espera! ¿Qué te parece esta otra foto?

Ella:

—Oh, concuerda perfectamente con lo que sospechaba. ¡Pensar que, al principio, dudé! ¡Gracias por tan buena ayuda!

Cuando entran, por fin, en el comedor, simulan

no percibir el expectante silencio que les recibe. Deliberadamente rutilante —ha abandonado su apego al beige y al negro y se ha puesto un jersey azul cielo que casa con los destellos rojizos de su pelo— y maquillada con arte, la detective, toda sonrisas para su compañero de aventuras, le propone servirse del bufet antes de pasar a su mesa.

—Ah, cuántas *delicatessen* —exclama—. ¡Y qué apetito tengo hoy!

—Como siempre que solucionas un caso —comenta él, también a gritos.

Ya servidos, atraviesan el comedor, enarbolando sus platos y sin dejar de charlar. Al cruzarse con Seboso, Diana le murmura unas palabras. El director mira a Fattush, como buscando la aquiescencia de un hombre, y el policía asiente con determinación.

—Me voy a quedar sin garganta —bufa la mujer, recuperando, tras sentarse, su tono de voz más sosegado—. Y hoy la necesitaré más que nunca. —Toma un trago de vino, picotea ensalada y aparta su plato—. Como sabes muy bien, querido cómplice, siempre que me apresto a resolver un caso pierdo el apetito. Y, más que nunca, hoy. Ni en mi vida como reportera, ni en esta corta existencia como detective, había ido tan de farol como en este caso.

El inspector le aprieta la mano.

—Cuenta conmigo.

Un gesto de simpatía que Roxana sorprende desde su mesa, y que le provoca una mueca de leona en celo. Por fortuna, Seboso se le acerca y desliza en su oído unas palabras que truecan su enfurruñamiento en asombro y, después, en entusiasmo. La falsa lady sabe lo que Dial se propone hacer después del almuerzo, y no sólo lo aprueba sino que está encantada.

TERCERA PARTE

XXIV

—¿Qué llevas ahí? —se interesa Fattush, señalándole la pechera.

—¿Qué voy a llevar? —contraataca Diana—. Unos impertinentes. Me los regaló una amiga que vive en París, según ella pronto volverán a ponerse de moda. No se me ocurre mejor ocasión que ésta para estrenarlos. ¿Crees que voy a representar semejante comedia a lo Hércules Poirot a pelo, sin los debidos complementos? Y si tuviera bastón, bastón emplearía para señalar, uno a uno, a los sospechosos.

Complacida, y usando el artilugio, de inocuos cristales y montura de plástico azul, que pende de su cuello mediante una cinta de terciopelo, Dial examina el salón y comprueba que *Monsieur le Directeur* ha sabido interpretar sus instrucciones.

Las mesas han sido arrinconadas, y la colección de sillas y sillones antiguos, con sus variopintas y añejas tapicerías, que habitualmente aparece perezosamente desperdigada por la estancia, ha sido dispuesta formando un amplio cuadrilátero cubierto por una alfombra. Espacio suficiente para que la detective pueda evolucionar tal como ha leído en las novelas y visto en las películas que hace Poirot, en el capítulo o secuencia en donde el presumido belga enumera los motivos que cada sospechoso tuvo para cometer el o los crímenes.

De acuerdo con las disposiciones recibidas, Seboso se retira al otro lado de la barra del bar, en donde deberá mantenerse, intentando mostrarse como un digno —y mudo, ha especificado Diana— representante de la compañía naviera. Teme la investigadora que el director, llevado por sus habituales arrebatos de sumisión, en cualquier momento abandone su función contemplativa para arrastrarse servilmente ante los pasajeros. Lo cual disolvería la perplejidad ambiental que precisa para desplegar su virtuosismo acusador.

Roxana es la primera en pasar al salón, seguida de Marga, cuya silla empuja un Haggar de semblante impasible. Con ellos, el reaparecido doctor Creus, cuyo desmejorado aspecto ya ha inquietado a la detective antes, en el comedor. Más que víctima de una indisposición coyuntural, el médico parece haber sido devastado por una epidemia. Enflaquecido y ojeroso, su deplorable estado físico resulta más evidente porque luce una inoportuna camisa floreada, de tipo caribeño, por cuyas cortas mangas asoman sus huesudos brazos. No lleva gafas, pero este detalle, en lugar de rejuvenecerle, pone de relieve sus ojeras y arrugas.

—¡Qué idea, Diana! ¡Un mitin para desenmascarar al culpable! —se excita la falsa Lady—. Alguien debería hacer una película sobre esto, para la posteridad.

Los otros miembros del crucero parecen abotargados, como si la inesperada reunión hubiera abierto una grieta en su proceso digestivo. Laia y Claudia Mollà, que han compartido almuerzo con Ismail —lo que prueba que la última ha aceptado al muchacho—, se mantienen tranquilas, flanqueando al joven, como si esperaran instrucciones. Otro tanto hacen Permanyer y Moltó, aguardar, pero sin disimular los nervios; ella apretuja el pañuelo, él se rasca las manos como si le estuviera saliendo un eccema. Con un soberbio desdén instalado en su abultado labio superior, Hadi Sueni clava en Diana sus ojos de serpiente mientras, a su lado, Lulú Cartier no cesa de hablarle en voz baja, sin duda deslizándole su inquina hacia el resto de los pasajeros.

Pitu Morrow avanza hacia la detective hasta cubrirla con su efusividad amenazante, que se esfuma en cuanto se encuentra a menos de un palmo.

—¿Lo ha leído? —pregunta, más ansioso de lo que sería deseable.

—Sí, sí —se apresura la otra a contestar, sin dejar de observar al resto de los invitados—. Muy interesante, pero debo dedicarle una segunda lectura antes de opinar. ¿Autobiográfico?

—Salido de aquí. —Se golpea el voluminoso pecho—. ¿Cómo, si no, realizar la terapia, alcanzar el perdón que sólo la literatura puede ofrecernos? ¿Esta reunión es para darles caña a esos hijos de puta?

Dial le anima a tomar asiento.

Marga señala la esquina en donde quiere que Haggar la instale y, al pasar junto a Diana, ésta advierte que la auténtica Lady se divierte también, aunque la causa de su entretenimiento no parece clara. Existe la posibilidad de que se burle de mí, de mis esfuerzos, piensa la periodista, sintiendo una ráfaga de abatimiento, y recuerda, no sin rencor, que Fattush la acusa de sentir complejo de inferioridad ante las damas pudientes. Lo cual es falso, se endereza.

—¡Atención, atención! ¡Prestadme atención!

Anticipándosele, Roxana ha tomado las riendas. O más bien un vaso y una cucharilla que Seboso —el hombre sonríe desde la barra, feliz de servir para algo— ha puesto a su disposición. Tic, tic, tic.

—¡Necesito que prestéis atención!

Diana se da cuenta de que sobran sillas. Faltan El-Rashid, que se fue para siempre, su esposa Farida y su hijo, Raheb. Tres bajas, lo cual desluce un poco su representación. Y ni las doncellas, ni Joy ni Haggar van a sentarse, aunque ninguno de los sirvientes se perderá lo que aquí ocurra: Halima, Tabia y la filipina, con Yarita en brazos, permanecen en la cubierta de estribor, muy cerca de la puerta, que han dejado convenientemente entreabierta. Haggar se ha quedado dentro, apoyado en la pared, detrás de Marga, atento por si sus amas le requieren.

Los pasajeros se acomodan, dejando asientos libres entre ellos. Sueni y Lulú distan tres cuerpos de Permanyer y Moltó, y dos de Pitu Morrow. Claudia Mollà, Laia e Ismail forman un apretado terceto. Curiosamente, Creus se abandona —tal sería el verbo exacto para definir la dejadez con que arrincona su silueta de gárgola— en una silla alejada de Marga. Por primera vez, Diana no le advierte vigilante, pendiente de la viuda Laclau, sino ensimismado.

Fattush, en la esquina opuesta a la que ocupa Lady Margaret, parece el preparador físico de su boxeador, Diana Dial, en este improvisado ring de interiores en el que ella ocupa el centro.

Tic, tic, tic. Sacude Roxana la cucharilla contra el vaso.

—¡Prestadme atención, no volveré a decirlo!

¿Por qué grita tanto, si todo el mundo, incluso Lulú Cartier, guarda silencio desde que lanzó el primer aviso? Pero tiene razón Roxana: están callados pero se ven dispersos. Y atención es lo que no prestan.

—¡Quiero que guardemos un minuto de silencio en memoria del querido Fuad El-Rashid! —Mira a su cuñada, que asiente con entusiasmo—. Ya que no podemos asistir a su multitudinario entierro, que tendrá lugar hoy mismo, de acuerdo con el rito musulmán, al menos dediquémosle nuestra atención y nuestras plegarias. ¡Todos en pie!

Obedecen, y la fiera escarlata se recoge, como si rezara una oración. Una vez más, Dial se estremece al calibrar el disparate de todo este asunto. Acabar lo antes posible, salir del barco, huir.

Tic, tic, tic. De nuevo.

—Termina ya. —Exasperada, Diana empuja a su amiga—. Siéntate con tu cuñada. Déjame a mí.

Siente el deseo desesperado de salir a cubierta y arrojarse al embarcadero, aun a costa de romperse las piernas, pero la mirada llena de confianza del entrenador Fattush le insufla valor desde su rincón. Gong. A por ellos.

Carraspea y decide empezar fuerte.

—Todos y cada uno de vosotros tuvisteis razones para desear ver muerto a Oriol Laclau i Masdéu, cuyo inesperado fallecimiento, hace un año y en un crucero idéntico a éste, no hace falta ser un lince para calificar de misterio. Como sabéis, Lady Roxana tuvo a bien encargarme esta investigación, y debo decir que los pocos pero interesantes días que llevo viajando en el *Karnak* han aportado mucha luz a mi trabajo, en el que me acompaña mi amigo el inspector Fattush, miembro de la policía libanesa, y felizmente de merecidas vacaciones en Egipto.

El sonido de su propia voz le resulta tan impostado que ganas le entran de soltar una carcajada. Sobreponiéndose, prosigue.

—La persona que perpetró el asesinato lo preparó todo muy bien, y conocía a la perfección a su víctima. ¿Qué lugar más propicio para simular una muerte accidental (un ataque cerebral, en este caso) que un viaje por el Nilo, realizado en un buque del siglo XIX que reproduce fielmente las condiciones de impunidad que protegen a los poderosos desde que el mundo es mundo, pero en circunstancias todavía más excepcionales, si cabe?

Fatigada por el prolongado interrogante, Dial se da un respiro, que Hadi Sueni aprovecha para levantarse:

—¡Protesto! ¡No permitiré que se arrojen sospechas sobre mi honorabilidad! ¡Yo mismo fui testigo del fallecimiento natural de mi amigo! El médico de la familia certificó su defunción que, dados sus antecedentes, no asombró ni a su hermana ni a su viuda...

—¡Silencio! —le conmina, irónica, Diana—. Hablarás cuando llegue tu turno. Me extraña que, siendo tan pagado de sí mismo —ahora se dirige a la audiencia—, el director de Antigüedades ignore que estos trámites de exposición del delito y señalamiento de sospechosos los realiza el detective yendo de menor a mayor, por orden de importancia en el elenco. Y, quizá, también, de culpa.

Otro paseíto por la alfombra, otra exhibición de impertinentes. Finalmente, la ex reportera cruza los brazos detrás de la espalda.

—La primera pregunta que me hice fue cómo pudo morir Oriol Laclau. Y la respuesta no me presenta duda: ¡veneno! O quizá sobredosis de alguna sustancia estupefaciente, tipo cocaína, por ejemplo. Existe constancia, aunque privada, de abusos anteriores perpetrados por la víctima durante sus juergas de magnate.

Observa que Marga se remueve en su silla de ruedas, y levanta la mano para apaciguarla, como si le dijera: «Tranquila, en seguida abandono esta línea de investigación.» Sonriente, se apresura a añadir:

—Hallándose el cadáver, o mejor dicho, su momia y los vasos canopos que contienen los restos de sus vísceras, bajo control forense en uno de los más prestigiosos establecimientos hospitalarios de Barcelona, comprenderéis que no voy a extenderme sobre la naturaleza del veneno o sustancia que acabó con los días de Laclau. Es algo que atañe a los especialistas. A mí me interesa, sobre todo, el factor humano.

Los mira de hito en hito.

—¿Quién odiaba al difunto hasta el punto de eliminarle? ¿Quién le conocía lo bastante para saber que deseaba ser momificado a la antigua usanza, saltándose la ley y sus exigencias? ¿Quién estaba seguro de que su posición garantizaría no sólo su impunidad hasta después de muerto, sino también la de su asesino? Todos ustedes, incluidas su hermana y su viuda —nuevo gesto del brazo, ahora para amansar a ambas: «¿No veis que es un truco?»—, y, no me cabe duda de que, de haberle conocido mejor, yo misma habría sido una buena candidata a rebanarle el cuello. Porque Oriol Laclau i Masdéu era un perfecto miserable.

Ahora no mueve ni una ceja para tranquilizar a las parientas.

—Si en todos los casos que, hasta la fecha —nuevo carraspeo—, he resuelto hábilmente, el análisis de la personalidad de la víctima resultaba imprescindible para establecer la naturaleza del delito y las motivaciones del asesino, nunca como en este enigma se me apareció con tanta claridad, desde que Lady Roxana me hizo el encargo en su villa de Luxor, la urgencia de conocer a fondo la verdadera identidad del finado Oriol. ¿Quién era realmente nuestro gran hombre?

Como si la naturaleza respondiera a su pregunta, el suelo se mueve bajo sus pies.

—¿Qué pasa? —sale de su temática Diana—. ¿Hemos levado anclas?

Seboso se apresura a confirmar:

—Navegamos hacia Esna, en donde permaneceremos hasta que nos den permiso para pasar la esclusa, seguramente al amanecer.

Aprovechando que está en el uso de la palabra, el director pregunta si la distinguida concurrencia quiere tomar algo.

—Agua —ordena Dial—. Sólo para mí.

Cuando el camarero que se la ha traído sale sigilosamente del salón, la detective reanuda su... —se pregunta cómo llamarla— ¿exposición, diatriba?

—¿Quién era Oriol Laclau i Masdéu? Para el mundo y para la sociedad que le vieron crecer y le permitieron medrar, nuestro hombre era un valeroso emprendedor, un ejemplar portador de valores empresariales, un magnate inmobiliario de éxito que supo ponerse a buen recaudo, invirtiendo su fortuna lejos de la burbuja cuyo estallido, hace un par de años, ha conducido a tantos de sus pares a la ruina. Pero Laclau era mucho más que eso: como directivo de uno de los clubes más importantes del mundo, el Barça, formaba parte de un referente moral indiscutible. Emparentado por matrimonio con la más rancia aristocracia inglesa y miembro del partido conservador, era también un fervoroso egiptólogo, patrocinador de expediciones arqueológicas y dueño de, como el amigo Hadi Sueni no ignora, pues le ayudó a reunirla, una fantástica colección de antigüedades.

Bebe un sorbo de agua y continúa, en medio del receloso silencio de los presentes.

—Como es natural, tanta felicidad tenía que ser bendecida también por una fotogénica desdicha y, en este sentido, Oriol Laclau había tenido suerte. La desgracia que sufre su esposa, su parálisis, como consecuencia de una caída funesta, atrajo sobre él las simpatías del público, que Laclau cultivaba mostrándose sumamente tierno con Lady Margaret, tanto en público como en privado. Soy testigo de ello, como lo son todos ustedes. Nadie ha puesto en duda, jamás, que nuestro amigo, exhibicionismos aparte, amaba sinceramente a su esposa.

Se inclina hacia la viuda y, al reincorporarse, da unos pasos hacia atrás, hasta situarse junto a Fattush.

—He perdido el hilo —masculla la detective—. ¿Qué viene ahora?

—Concluye este bloque y empieza con los defectos.

Tranquilizada, ocupa el centro de la mullida alfombra.

—¿Quién era realmente Laclau? ¿Ángel o demonio? ¿Monstruo o víctima inocente?

Una tosecilla del inspector le indica que, como remate, le basta con esa frase. Aunque bien podría haberse entregado tan a gusto a la retórica vacua durante horas. Ah, cómo comprende ahora a los políticos. Qué dulce resulta dar rodeos y hablar, hablar sin parar con objeto de no decir absolutamente nada.

Recoge velas:

—Sin embargo, he averiguado qué escondía su impoluta fachada. Unas cuantas preguntas por aquí, unas respuestas por allá, y el cuadro que tenemos del honorable Oriol no es tan halagador como nos lo pintan sus allegados.

Da la espalda a las cuñadas y avanza hacia las Mollà, ignorando la mirada suplicante de Ismail.

—Era, para empezar, un hombre de insaciables apetitos, cuya sexualidad resultaba avasalladora. Claudia, la veterana modelo, nos lo podría contar. ¿Cuántas veces te humilló —la agarra por la barbilla, obligándole a levantar la cabeza—, mientras fuiste su amante? ¿No sufriste al tener que hacer pasar a Laia, la hija de ambos, por tu hermana? ¿No te hirió que, después de todo lo que te había hecho, él y su mujer pretendieran quedársela? ¿No es ése motivo suficiente para asesinar?

Sonríe Diana, soltando a su presa. Ahora agita los impertinentes, dirigiéndose al público en general:

—¡Sí, tanto Claudia como Laia podrían haber asesinado al rico prohombre sin escrúpulos, al donjuán que, aprovechándose de su posición, las ninguneó en modo sumo! ¿Y qué decir de Ismail? ¿No pudo el pretendiente de aquí la joven vengarla de las humillaciones sufridas, deshaciéndose del progenitor funesto?

Se vuelve Diana, triunfal, hacia Fattush, haciendo caso omiso de la expresión furiosa del muchacho. El inspector le dirige un gesto con la mano para que disminuya su vehemencia.

—Para Oriol, todas las mujeres éramos putas. Todas, menos Marga.

Se gira Diana. Es Claudia quien ha hablado.

—¡Quise matarle! —sigue la mujer—. Claro que sí. No una, sino muchas veces. Pero no fui yo quien lo hizo. Y respondo por mi hija y por mi futuro yerno.

Los aludidos se apresuran a abrazarla y prodigarle carantoñas.

Funciona, se dice Diana. En una novela, esto sería un capítulo cumbre, pero en la vida real es como una terapia de grupo.

—Así que todas las mujeres eran putas para él —repite, encarándose con Pitu Morrow—. También tu hija.

El antiguo crítico de *rock'n' roll* palidece, se encoge, intenta pasar desapercibido.

—¿Acaso...? —Presa de un súbito ataque de compasión, Dial reduce el volumen y repite—: ¿Acaso no abusó de ella cuando la enviaste a su casa? ¿Por qué, para pedirle más dinero? ¿Habías agotado tus argucias y sólo te faltaba esa carta por jugar, la de mandar a tu hija, virgen y preciosa, a la cueva del lobo? ¿No es ése el gran dolor de tu vida, aquello que necesitas expiar?

—¡Más alto, más alto! ¡Desde aquí no se oye nada!

Diana se vuelve, da unas zancadas y se enfrenta con Roxana:

—No me pidas más decibelios, no es necesario que te enteres de todo lo que digo. Por otra parte, vosotras sabíais —señala a las cuñadas—, vosotras consentíais. Sois cómplices. El macho de la casa disfrutaba de derecho de pernada, eso nunca se lo discutisteis. Ni siquiera tú, la abnegada esposa. Pero ahora no es vuestro turno. Os reservo para el final.

Regresa junto a Morrow y, no sin repugnancia, le acaricia levemente la melena grasienta.

—Lo supe cuando leí tus páginas —dice, sólo para él—. *«Cortigiani, vil razza dannata»,* canturreaste aquella tarde, después de ponerte ciego a té con pastas. Tendrías que hacer algo al respecto, tu bulimia es tu forma de somatizar la culpa. ¿Por dónde iba? Ah, sí: «Raza de malditos», escribiste en el retazo de autobiografía que me hiciste llegar. Sumé dos y dos y vi en ti el dolor del bufón Rigoletto por la violación de su hija, a cargo del malvado duque de Mantua. ¡Esa hija que habías jurado proteger!

—¡Yo no le maté! —solloza el otro.

—Hum, veremos. —Diana, en jarras, recorre con su mirada a los presentes—. No me fío de nadie.

Lulú Cartier lanza una indignada exclamación, profundamente francesa, y hace ademán de levantarse.

—¡Quieta ahí, *cleopatrófaga*! —brama la detective, sin mirarla. Y, a Sueni—: Tú, que todo lo puedes en Egipto, hazme el favor de atar corto a la cursi esta. Y una cosa, gran factótum de las antigüedades, ¿además de desvalijar a mi amiga Roxana, vas a arramblar también con el astrolabio que robaron...?

De un ágil salto, Dial se coloca junto al dúo Permanyer-Moltó y termina su pregunta:

—¿... este par de caraduras?

—¡Oh, eres sublime! —Aplaude la falsa lady—. ¡Es sublime! Nunca pensé que algo así llegaría a ocurrir en nuestro propio vapor. ¿Alguien lo está grabando?

—Déjame hablar —corta la detective, centrada ahora en Sueni—. Y tengo mucho que decir acerca de la forma en que este caballero permitió, y puede que incluso alentara, al doctor Creus a firmar el certificado de defunción de Oriol Laclau. ¿Cuál era su propósito? ¿Deshacerse de un socio ya quemado en el negocio de expoliar el país de sus preciadas antigüedades? ¿Vengarse por un asunto de faldas? ¿Dejar indefensas a sus herederas para, tal como ha hecho, someterlas a chantaje y desvalijar su colección? Personalmente yo le considero culpable. Y lo es. Culpable de corrupción y de estafa, de traicionar a su pueblo y de utilizar el patrimonio de los faraones para sus fines personales, lo que incluye poner en nómina del Estado a sus fulanas.

Ejecuta una honda aspiración.

—Pero, ay —dramática—, a mí únicamente se me permite investigar el asesinato de Oriol Laclau.

Fijando su atención en Alfons Permanyer y Dolors Moltó, Diana levanta los impertinentes y los agita en el aire.

—No creáis que vais a libraros de mi justa reprimenda. ¡Los fieles empleados! ¡La sufrida secretaria y el probo casi arqueólogo! Menudo par de chorizos. Sí, vosotros también odiabais a Laclau. Todo ese lloriqueo a cuenta de lo bueno que era y lo bien que os trataba... Era tiránico, ¿me equivoco? Y se aprovechaba de la situación de debilidad de cada uno de vosotros. Tú —a la secretaria—, porque le querías en secreto, siempre hay un roto para un descosido. Y tú, arqueólogo de pega, porque tu prestigio profesional dependía de él. Os humillaba como a los demás, y por eso le detestabais. Pero sois bobalicones. ¡Robar un astrolabio atribuido a León el Africano! ¿Pensabais que pasaríais desapercibidos? ¿Qué ocurre? ¿Os descubrió con las manos en la masa y decidisteis acabar con él?

Sacude la cabeza.

—No os veo como asesinos inteligentes, usando la premeditación para envenenar su café o lo que fuera que Laclau ingirió y que le provocó la muerte. Aunque quién sabe...

Da Dial un último trago de agua, se acerca al bar, meditativa, y deposita el envase en la barra. Seboso se apresura a hacer desaparecer la botella, tras lo cual pasa una gamuza por la superficie. La mujer se lo queda mirando.

Qué ganas de irme por ahí con Fattush, piensa, a comer gambas de Alejandría, beber vino libanés y fumarme una *shisha* tamaño coloso de Memnón. Mas la de detective, ella lo sabe bien, es una afición casi tan dura como su antigua profesión de reportera.

Ha dejado para el penúltimo lugar a las cuñadas.

—Vamos a ver, Roxana. —Se cruza de brazos y la contempla con benevolencia—. A ti debería exonerarte, puesto que acudiste a mí para resolver el misterio, y no me cabe duda de que amabas a tu hermano más que al dinero que, por otro lado, te sobra. Todo ello habla en tu favor. En tu contra, las mentiras que me has contado, la ocultación de datos... ¿He de decirte que, gracias a mis propinas, he tenido libre acceso a los correos electrónicos que has recibido en esta nave?

Sofocada, Roxana se disculpa:

—Ya he visto que te has enterado de todo. ¡Eres tan inteligente! No en vano confié en ti.

—Y eso te salva, querida amiga. Por el momento.

Eso, y que estás bastante loca, pero no tanto como para organizar un asesinato y ordenar después su investigación, con lo fácil que te habría sido enterrar a tu hermano en el Valle de lo que sea, y aquí paz y después gloria.

Asiente Roxana, entusiástica. Consciente de que ha llegado su turno, Marga afila su mirada azul, que Dial siente como una bala entre las cejas.

—¿Cómo puedo osar referirme a ti, la sacrificada, la víctima tanto de la vida de Oriol Laclau como de su muerte? Tú y tus drogas, tu bolso siempre apretado al cuerpo, tanto como tu pena. Déjame que aventure una hipótesis, en la que, sin lugar a dudas, tú también has pensado.

La dulce paralítica se aferra más que nunca a su desgastado bolso de piel.

—Sea lo que fuere lo que mató a tu marido —señala el complemento—, salió de ahí. Y tú lo sabes mejor que nadie, siempre lo has sabido.

—¡Dios mío! ¡No, Dios mío! —grita la viuda, y se desmaya, arrugándose en la silla como un pajarito en su jaula.

El doctor Creus se precipita hacia ella, propinando por el camino tal empujón a la detective que ésta termina sentada en el regazo de Fattush.

—¡Mire lo que ha conseguido! —brama el médico, mientras propina palmaditas a la viuda—. ¡Agua, agua!

Seboso pega cuatro gritos y pronto el salón se llena de camareros obsequiosos. Roxana:

—¡Que alguien la abanique!

Por fin, la dama vuelve en sí y Diana, que ha conseguido recuperar la dignidad y estirarse la falda tras su repentino aterrizaje en territorio libanés, impone su voz sobre los murmullos.

—Espero que esta amena exposición haya calentado motores. Que lo sepa el asesino, que lo sepáis todos. Mi socio y yo tenemos un testigo que le vio abandonar la escena del segundo crimen. Porque, y es una primicia incluso para ti, amigo Fattush, quien asesinó a Oriol Laclau hizo lo propio con Fuad el-Rashid, el cantante que sabía demasiado.

Y abandona el salón, seguida del inspector, sin preocuparse de comprobar el efecto de sus palabras.

—Has estado genial —aplaude él.

—A esto, en mi tierra, lo llaman dar palos de ciego.

XXV

Como críos ilusionados ante una mañana de juguetes nuevos, Diana y Fattush se han despertado al alba, y han acudido a su cita con la esclusa de Esna a esa hora en que el río y el cielo se confunden en un color de humo liviano que presagia la claridad del día. En la cubierta inferior del *Karnak*, acompañan a los pocos marineros que controlan la operación desde abajo, y que disfrutan viéndoles gozar a ellos con la precisión de sus movimientos. En esta comunión de la mecánica con la náutica, en esta silenciosa operación en la que cada cual cumple con su cometido sin adornos ni tramas secundarias, sin vanidad, la ex reportera y el inspector aceptan calladamente su papel de niños maravillados ante la capacidad de inventiva del ser humano.

En el angosto pasillo líquido que forman las paredes de la esclusa, cuya estatura parece monumental, resuelta en trazos geométricos, como una pintura cubista, el vapor que segrega la chimenea del *Karnak*, en su mesurado avance, forma una capa de neblina lechosa que les envuelve como las alas de un enigma. El paso del barco se produce a un ritmo apenas perceptible, sincronizado con el amanecer. A medida que se acercan a la desembocadura del canal, rompe el día, medio oculto aún por la masa algodonosa que se abre a proa.

—¿Quieres verlo desde el puente? —pregunta Fattush.

—Me gusta estar aquí. —Dial le aprieta el costado con su brazo—. Sentirme pequeña.

Porque ahora los grandes son otros. Esos hombres con sus galabeyas grises, sus turbantes blancos. La madera de cubierta rezuma humedad.

—Todo el mundo duerme —comenta el policía.

—No me extraña, ayer debieron de acabar fatal, posiblemente ebrios para olvidarme. Mejor. No soportaría tenerles aquí. Mientras recorremos la esclusa podemos imaginar que se los ha tragado el río.

Sólo cuando desembocan a Nilo abierto, y la esclusa se cierra detrás del barco, y el sol se desvela súbitamente como una plancha de acero amarillo que se extiende sobre sus cabezas, y gente de tierra firme agita los brazos, despidiéndoles, y hombres en falucas se acercan al barco intentando venderles baratijas; sólo entonces, cuando la boca de hormigón y cemento y el canal de agua domeñada quedan a sus espaldas, los otros pasajeros, con sus caras malhumoradas, abandonan los camarotes y se apresuran a entrar en el restaurante, listos para exigir su primera comida.

Diana y su amigo hacen lo propio, dirigiéndose a su mesa de costumbre sin cambiar saludos más que con las Mollà y el joven Ismail, que parecen los únicos que esa mañana están de buen humor. Marga y Roxana permanecen calladas y cejijuntas, a solas en la mesa. Sueni y su amante cuchichean en otra mesa, y lo mismo hacen Permanyer y Moltó en la suya. Hasta Pitu Morrow juega con los huevos revueltos como si hubiera perdido el apetito, y evita mirar a Diana.

Fattush se dispone a atacar un plato de *ful* estofado —que la periodista, dedicada a una macedonia de frutas, contempla no sin prevención— cuando la puerta que comunica el restaurante con el salón se abre bruscamente y un Haggar alterado y, al mismo tiempo, triunfante como un atolondrado mensajero de los dioses, corre hasta la mesa de las anfitrionas y grita:

—¡El doctor Creus! ¡Se ha caído al Nilo!

La detective y el policía saltan de sus sillas.

—¿Qué estás diciendo? —interpela Dial a Haggar.

—Sí, señora. Es lo único que explica su desaparición. —Sonríe amablemente el criado—. Le he buscado primero en su camarote, siguiendo las instrucciones de Lady Margaret, que requería su presencia de inmediato. He examinado los compartimentos, uno tras otro, incluidos los de mis amas, y luego he peinado el *Karnak* por arriba, por abajo y por el centro. He mirado en nuestros cuartos de equipajes y hasta debajo de las camas. ¡Nada! Cuando, por fin, después de interrogar a los marineros, he hablado con el patrón, me ha dicho que ha visto a un pasajero, un hombre flaco, asomado a la barandilla de la cubierta superior, pero tanto él como el grumete estaban muy ocupados con la maniobra, y no le han dedicado mayor atención. Cuando han vuelto a mirar, momentos después, el hombre ya no se encontraba allí. Francamente, sólo se me ocurre que, además de todo lo demás, tenemos también ¡hombre al agua!

Contempla Diana a las cuñadas. Roxana desorbita los ojos y, complementándola, Marga cierra sus párpados. Es la única reacción que el voluntarioso emisario arranca de las damas.

—Llama a Seboso —indica Dial a Fattush. Acercándose, susurra, para que nadie más pueda escucharla—: Voy a registrar su camarote. Si se ha suicidado, puede que haya dejado una nota.

Los sobres se encuentran encima de la escribanía *déco.* Diana no duda en deslizar el más abultado en el bolsillo de su pantalón. El camarote luce un desorden que no tiene nada que envidiar al suyo, piensa la detective, aunque, en el caso del médico, el caótico conjunto envía un mensaje deprimente. Sucio, irrespirable, enfermizo. Olor a bragueta triste.

Cuando Fattush y *Monsieur le Directeur* aparecen, Dial vuelve a iniciar la lectura, ahora en voz alta, de la nota —una de las dos, pero se cuida mucho de confesarlo— que Joan Creus escribió antes de arrojarse al agua.

A quien corresponda:

Con alivio puedo hablar finalmente del peso que me ha atormentado en los últimos días, los últimos meses, los últimos años. Casi todos mis años, ahora que lo pienso. Viví a la sombra de Oriol Laclau i Masdéu desde el colegio, y me libré de esa sombra por mi propia mano. Lamento haberlo hecho tan tarde. No luché por su mujer, a la que yo amé más y mejor. Tampoco luché por mi dignidad. Durante décadas alimenté mi odio. No hay nada más venenoso que el odio cuando se nutre de la frustración y los celos, el odio cocido a fuego lento. Tal fue el arma que en verdad acabó con la vida de Oriol, y con la farsa de nuestra amistad. Para emplear términos más concretos, diré que, como instrumento material, me serví de un concentrado de fugu —insípido, incoloro e inodoro, pero letal: es un pez cuya carne aprecian mucho los nipones, que son unos sabios muy insensatos—, que adquirí en Tokio durante uno de los viajes a los que Laclau me invitaba para que fuera testigo de su vida con Margaret. Provoca los mismos síntomas que un infarto cerebral agudo e irreversible, pero no lo elegí sólo por eso, sino porque, con la dosis adecuada, la víctima tarda horas en fallecer, provocando un estado de catalepsia que sólo la más sofisticada maquinaria clínica permitiría advertir. Aunque no existen pruebas definitivas al respecto, es muy posible que el paciente —permítanme la postrera coquetería profesional de llamarle así— conserve parte de su conciencia mientras sus constantes vitales se extinguen.

Espero que Oriol Laclau i Masdéu supiera que íbamos a embalsamarle, tal como él mismo había pedido, sólo que en vida. Y que tuviera tiempo de arrepentirse de sus muchas canalladas mientras esperaba a que le desangráramos, le extrajéramos el cerebro y las vísceras... Espero que enterarse de ello no le aliviara, matándole, prematuramente, de un ataque al corazón. Espero que sufriera tanto como hizo sufrir a los demás, tanto como hizo sufrir a Margaret, tanto como me hizo sufrir a mí.

Una última confesión. A Fuad el-Rashid le pegué en la nuca con el dorso de la mano. Un golpe sencillo, seco, que siega la vida casi sin que el otro se dé cuenta. Fuad me molestaba. En el largo calvario que ha supuesto mi amor no correspondido por Margaret, la presencia aceitosa y constante del suministrador de romanzas durante este último año, interponiéndose entre ella y mis deseos de consolarla, me parecía una siniestra broma póstuma a cargo de Oriol.

He elegido las aguas de la esclusa de Esna como el lu-

gar más adecuado para perderme. Fue cerca de aquí en donde le di la dosis de fugu a Oriol, mezclada con el vino de la comida. Y, además, me divierten los problemas que mi búsqueda os va a ocasionar.

Mi suicidio no se debe al arrepentimiento. Me alegro de lo que hice. Lo único que no me perdono es el desprecio que leo en la mirada de aquella a quien amaré más allá de mi muerte.

Cuando Seboso se larga al trote, con la nota y un enésimo disgusto que encaja lastimeramente, sin duda pensando en las represalias que la compañía naviera puede tomar contra él, Diana saca de su bolsa unas gafas y se las muestra a Fattush. Un cristal aparece estriado, al otro le falta la mitad.

—Eran de Creus. Estaban en su escribanía. ¿Recuerdas la herida en mi pie de anteanoche, cuando me descalcé mientras esperábamos la llegada de las autoridades que retiraron el cuerpo de El-Rashid?

—¡Al doctor se le cayeron las gafas cuando le asestó el golpe mortal! —dictamina el otro.

—Exactamente. Yo ya tenía mis sospechas, y por eso monté ayer el numerito a lo Hércules Poirot. Aparte de que me gustó hacerlo. Iba de farol, como te dije, pero sentí uno de mis famosos pálpitos, que no te comuniqué por miedo a cometer un error y a que te burlaras de mí. Estos presentimientos míos, a la hora de resolver asesinatos, resultan tanto o más necesarios que las pequeñas células grises a que alude la señora Christie.

—¡Cierto! —Sonríe Fattush, admirado—. ¡Otro caso resuelto con tu peculiar habilidad! ¡Nunca he dudado de tus pellizcos en el estómago!

Ahora es Diana quien sonríe, agradecida y algo sofocada.

—No tan deprisa, amigo mío —le corta—. Éste no es el verdadero final. Hay otra vuelta de tuerca.

Y golpea el bolsillo derecho de su pantalón, desde cuyo interior la carta dirigida por Creus a Lady Margaret le envía prometedores crujidos.

XXVI

Lady Roxana ya ha sido puesta al corriente de la noticia cuando Fattush y Diana irrumpen en su suite, y ha tenido tiempo de vestirse de negro riguroso y de calarse una peluca color tinieblas.

—¿Dónde está Marga? —se interesa Diana.

—En sus aposentos. Desolada. No sé qué hacer para que no se hunda del todo. ¡Tres seres queridos, violentamente desaparecidos en un mismo año! No creo que le consuele el hecho de que el último fuera quien asesinó, con sus propias manos y mediante cruel veneno, seguido de tortura, a mi querido hermano, su no menos adorado esposo, el gran hombre, digas tú lo que digas, Oriol Laclau i Masdéu. ¡Un mártir!

Se atusa la melena y balancea los pies desnudos, que no le llegan al suelo. Sentada en un lado de la cama, con un maquillaje gótico por decir poco, la falsa lady se asemeja más que nunca a un travestido felliniano en horas bajas.

Sin hacerle caso, la detective ocupa un sillón frente a ella y Fattush se instala junto a uno de los ventanales que se abren a proa y estribor, utilizando como asiento una de las repisas.

—De modo que, debajo de esa peluca —empieza Diana—, de cualquiera de las pelucas que te pones para afianzar tu personaje de mujer rica, excéntrica y falta de seso, existe un cerebro calculador, una mente maquinadora. Desde el principio tenías un plan, y no era aquel para el que me preparaste cuidadosamente en tu villa de Luxor.

—No sé a qué te refieres —resopla Roxana—. Deberías mostrar un poco más de respeto por estas pobres mujeres que somos mi cuñada y yo. ¿Habrán visto los dioses alguna vez, en estos bellos parajes, destino tan doloroso como el nuestro?

Diana y el inspector se echan a reír.

—No tiene remedio —comenta la primera.

—Forma parte de su encanto —concede Fattush.

—Me fastidia, pero no puedo evitar que me haga gracia.

—Demasiada gracia durante demasiado tiempo, eso es mucho demasiado.

—Lo mismo pensé cuando me propuso el caso. Sin embargo, piqué. Por su encanto, sin duda. Y el de estos bellos parajes...

Toda la risa acumulada a lo largo del accidentado crucero aflora en este momento, y la pareja de investigadores se entrega a ella de buen grado.

—¿De qué va la broma? —Se revuelve la otra—. Porque yo no le veo gracia alguna a nuestra desgracia, salvo que os riáis como las hienas, claro está.

Nuevo ataque de hilaridad a cargo de la pareja, hasta que Dial, enjugándose el terapéutico llanto, se aviene a explicarse:

—Perdona, mujer. Es la flojera que sigue a la tensión, no te lo tomes a mal. Pero prométeme responder con sinceridad a nuestras preguntas.

—Depende —contesta Roxana, ceñuda—. Aquí todo el tercer mundo tiene que respetarme, empezando por vosotros.

Fattush abandona su puesto, y se deja caer en una silla cercana a Dial.

—¿Cuándo empezaste a sospechar de tu cuñada? —pregunta el inspector.

Inicia la mujer un gesto de protesta pero, rápida, la detective extrae el sobre que lleva en su bolsillo y lo agita en el aire:

—¡Lo cuenta todo! Creus también se despidió de Marga —sacude el sobre delante de las narices de Roxana—, escribiéndole esta extensa carta. La hemos leído. Y, si no te avienes a razones, no tendremos inconveniente en entregársela a las autoridades competentes. O mejor a la prensa. Quizá aún te dé tiempo a leer, en tu terraza de Luxor, antes de que

Sueni te arrebate la villa, o las ganas de Egipto, el increíble derrumbamiento de los Laclau.

—¿En el *Times*?

—No hay para tanto, mujer. Bastaría con *La Vanguardia*, que leen todas tus amistades, así como los miembros del partido al que perteneció tu difunto esposo.

—¿Qué dice la carta? —La falsa lady se da por vencida.

—¿Resumiendo? Expresiones de amor eterno y reproches aparte, el doctor Creus le recuerda a tu cuñada que fue ella quien se tiró por las escaleras de la casa de Pedralbes, desesperada por las infidelidades que había descubierto en su marido desde el mismo viaje de novios. Que, una vez en la silla de ruedas a que la condenó su acción, comprendió que disponía de un arma extraordinaria para someter a Oriol a todos sus caprichos: la culpa que él sentía. Que entre la pareja se forjó una morbosa complicidad que iba más allá de la sinceridad con que Laclau le confiaba sus conquistas: en ocasiones, ella misma se las procuraba. En otras, a Marga (Creus siempre se refiere a ella como Margaret, parece creerse el protagonista de *Cumbres borrascosas*) le apetecía presenciar sus hazañas, sobre todo si se trataba de un desvirgamiento. El médico hace expresa mención de la violación de la hija de Pitu Morrow, que tuvo lugar en la casa, y que los Laclau tapasteis como solíais, con dinero. Y no demasiado.

—Mujer, contado así parece que seamos unos anormales —opone Roxana débilmente—. Esa carta ha sido escrita bajo estado de rencor.

—Eso también, pero no creo que el despechado médico pudiera inventarse semejante historia. Es más, se refiere a ella con naturalidad. No es eso lo que le reprocha a Marga, sino que le traicionara.

—Marga, ¿traicionar a ese infeliz?

—Pues sí. En Japón, fue ella quien propuso adquirir el concentrado de fugu, algo completamente clandestino cuya adquisición resulta muy cara. Fue Marga quien insufló en Creus la idea de acabar con Oriol, y de hacerlo retorcidamente. Y también fue ella quien, perpetrado el asunto, vivió calladamente con este conocimiento y entretuvo al doctor, dándole esperanzas, para, al final, dejarle caer. Cosa que hizo, según cuenta él en la carta, y le creo porque alguien que va a suicidarse raramente miente, aquí, en el *Karnak*, un año después. No me extraña que Creus se encerrara en su camarote, fingiendo una enfermedad. Lo que Marga acababa de decirle, poco después de que yo le interrogara, es que robarle el fugu y asesinar a Oriol había sido un error, que ella nunca había amado tanto a su marido como ahora que estaba muerto, y que jamás, jamás aceptaría la presencia del hombre que le eliminó. Marga rompió su relación con el médico de familia horas antes de darse el baño de ego que supuso el recital de Fuad el-Rashid. Frenético, Creus le escuchó desde su camarote, quizá salió a cubierta, y permaneció allí, como un paria expulsado de un banquete. Cuando Fuad bajó por la escalera, vio su oportunidad y le mató. Luego salió corriendo, sin percatarse de que Haggar, desde la escalera de babor, había visto un revuelo de faldas que resultó, deduzco, el borde de su bata.

Roxana baja la cabeza. Guarda silencio.

—¡Por fin callada! —comenta Dial, con sorna—. Lo sabías, ¿no?

—No todo. Ignoraba la última escena. Así que, cuando el recital, mientras ella se hacía la lánguida con las canciones románticas, la suerte de Fuad y la de Creus ya estaban echadas, como lo estuvo la de mi hermano. Maldita zorra.

—Era eso lo que querías que yo averiguara. Por eso me propusiste el caso. Sospechabas de tu cuñada...

—Siempre supe que era mala por dentro. Y lo bastante astuta para que nadie la pueda encarcelar. ¿Cuándo te diste cuenta de mis intenciones?

—Lamento confesar que me costó. ¡Pero lo descubrí cuando miré atrás! ¿Recuerdas cuando ésta —se vuelve hacia Fattush, señalando a Roxana con un movimiento de cabeza— me enervó tanto, al avisar a todo el mundo de que nadie podría abandonar el barco hasta que diéramos con el asesino de Oriol?

—¡Te agarraste un mosqueo considerable! —confirma el inspector—. Sólo se te pasó a base de negroni.

—No se me pasó. Me quedó la mosca detrás de la oreja. Y, de repente, me di cuenta. ¿Por qué en Filé? ¿Por qué en la isla? ¿Por qué en un lugar desde donde el asesino, advertido, podía largarse con facilidad? ¿Por qué no esperar a que nos encontráramos en el *Karnak*?

Y Diana se queda mirando al inspector. Éste, por fin, reacciona:

—Porque Roxana sabía que la persona que había inspirado el crimen, la verdadera asesina, era su cuñada, la mujer condenada a vivir en una silla de ruedas. Y que no podía huir.

EPÍLOGO

—Ahhhhhhhh, ahhhhhhhh.

Diana Dial expele el humo de la *shisha,* la primera que fuma después de su aventura en el *Karnak,* con tal delectación que, a su alrededor, jeques y putas y ejecutivos y espías y personal de embajadas y familias egipcias de alto *standing* la contemplan con admiración y un punto de envidia. Se encuentran, de nuevo, en los jardines del hotel Marriott, en El Cairo.

El inspector Fattush, sentado frente a ella, alza su copa de coñac:

—Por ti, Diana. Aunque... Una vez más, una asesina queda en libertad... ¿No te da coraje?

—¿Quién? ¿Lady Margaret Middlestone? ¡No me hagas reír! Si yo fuera ella, preferiría el cadalso a vivir el resto de mis días en compañía de Roxana. No quiero ni pensar en las fechorías domésticas que se le ocurrirán para torturar a su perversa cuñada. Sobre todo ahora que ya no tendrá *nilinas* que pintar.

—¿Vas a seguir la vista en Barcelona?

—No tengo la menor intención. El *Karnak* queda atrás, con su memorable carga de momias y de, ¿cómo los llama Pitu Morrow?, sí, cortesanos, raza de canallas. Créeme, lo único bueno que hemos sacado de este asunto, aparte de averiguar la verdad, y de que los malos están muertos o sometidos a vejaciones, es el fervoroso amor que se dispensan Ismail y Laia. ¡Me han pedido que sea su madrina de boda! Se casan aquí, en familia.

—¿Y vas a aceptar?

—¡Naturalmente! Por otra parte, está mi Joy. Ha vuelto con Ahmed.

—¿Lo dudabas?

—Hum. —La detective tuerce la boca—. Esperaba que mi influencia, así como las alegrías que le ha proporcionado Haggar, impidieran su regreso al nido familiar. Pero a ella le gusta la vida que lleva, y no seré yo quien se oponga. Sabe que, ocurra lo que ocurra, siempre me tendrá.

—¿Alguna nueva aventura en perspectiva? —se interesa el inspector.

—¡Roma! No sé por qué, pero me apetece Roma. ¿Sabías que el jefe de la Banda de la Magliana, que aterrorizó la Ciudad Eterna en los años ochenta, está enterrado en la sede del Opus Dei?

—No creo que pueda acompañarte. Carezco de tu libertad de movimientos.

Sonríe Diana y levanta su copa:

—Siempre hay una solución para un conflicto. Si no lo creyera, estaría muerta.

FIN

ACLARACIÓN

Ésta es una obra de ficción. Los personajes —excepto cuando pertenecen a las crónicas o los libros de Historia—, como los nombres, apellidos, la situación social y las relaciones de amistad, de parentesco, sentimentales o eróticas que tienen, son fruto exclusivo de mi imaginación. Si existe alguna coincidencia, la rechazo de plano desde ahora mismo.

M. T.